# 封閉少女的崩壞控制器

款款——著

# 1.

跟之前一樣，門口坐落著一箱紙箱。

我得想想怎麼將紙箱拿上樓去，因為我習慣將我的背包揹在身體前面，我不喜歡背包揹在後面的感覺。可是我現在其實很困擾，因為我的背包整個是溼的，這意味著，我的胸口也快要是溼的了，而我也不喜歡那種感覺。

在思考的同時，衣服漸漸被水給弄得溼答答，我開始覺得全身不舒服起來，我知道我的眉頭全都皺在一起了。箱子要趕快拿上去才行，我知道箱子不能放在這裡，不然就糟糕了。

我沒有辦法動作很快，因為我很多動作都會需要想一下。

我想了「一下」——劉君老師都說這樣的時間叫做「很久」，但我並不覺得——我決定試試看在背包不拿下來的情況下，直接把箱子也抱上樓去。

我住在三樓，因此我要快快上去，因為如果再晚一點就會遇到正要去打羽球的樓上鄰居黃先生，他總是在同一個時間出門去打羽球，我很喜歡他這樣，讓人很有安全感。但我不想讓他看見我在搬箱子，因為我很不擅長跟別人解釋事情，幾乎所有的事情，我都不擅長跟別人解釋。

箱子是立方體的，兩旁沒有挖洞，而且我胸前的背包，卡在我跟箱子之間，所以真的很難搬。再加上，不知為何，今天的箱子特別重，重得讓我只能舉起一下下就要放下來。

平時只要幾秒鐘就能走到的三樓，似乎花費了我三、四倍的時間。我也不敢大步上樓梯，要是摔到了箱子，不小心把開關給啟動或是將機器的某個零件給碰壞了，我完全不曉得會發生什麼事了。

所幸，直到我開門進去，時間還早，樓上的黃先生不會看到我。

這個時間，阿嬤也還沒回家。

我暗自竊喜著，因為，要是阿嬤看到了，她一定會對我問個不停。她很愛問我問題。

我將箱子放在地板上，直接用滑行的方式讓它移動，我拿出另一把鑰匙，是我房間的鑰匙，我把房間門給打開來，接著回到箱子旁，將箱子推入房間裡頭，我人先離開房間，再用鑰匙把房間門給反鎖上。

站在自己的房門外，我再次轉動房間握把，確定房間門已經被完全鎖緊後，我頓時不由自主笑了起來，這可能是因為我很喜歡我的房間的關係，我的房間讓我覺得很有安全感，因為我有這一串鑰匙，我很喜歡鑰匙這東西，它們會讓我覺得很安全。

然而，我又感覺到我的眉頭全部皺在一塊兒了。

我還沒將我的背包給放下來。

我的胸口，喔不，已經到我的褲子了，好多地方都溼掉了！

我得想想要怎麼解決這個問題，我得想出一個方法來。

劉君老師常常這樣對我說：「驚慌失措沒有關係，重點是要想出一個方法來解決問題，這樣就好了。」

我在客廳來回踱步，我得想個辦法、我得想個辦法。我每來回走動一次，就會看向我的房間一次，其實我很想進去我的房間裡頭，我確定我在房間裡面，心情就會好很多。但我現在不能進去，因為溼答答的背包，也會讓我的房間遭殃的。

我好想趕快放下這個溼漉漉的背包，可是我如果放下來的話，其他東西不就也跟著溼掉了嗎？這感覺也太討厭了吧！

我邊走動邊思考著。

我走到沙發前，盯著沙發看。我心想，不行，上次飲料在沙發打翻的時候，阿嬤為了這件事情唸得我頭好痛。

我走到鞋架旁，對著鞋架點點頭，接著再搖搖頭，這裡可不行，我心想，要是鞋子進水了，腳會泡在水裡，那可是會很癢、很不舒服的。

我覺得頭要開始痛起來了，不自主伸出兩個拳頭，往太陽穴的地方揉去。

直到我走到了客廳桌子前，腦袋裡忽然冒出一個念頭：「這裡很方便！這裡一定可以！」

我笑了一下，將背包毫不客氣放到了桌上去。

啊——這樣感覺好多了！

我將學校制服給脫掉，放在了桌上，因為制服也是溼的。我往胸口看去，好在水並沒有滲進我的內衣裡。

我蹲了下來，一瞬間，腦袋冒出了晚餐時間阿嬤清潔桌面的畫面，那時候湯鍋旁邊的桌面都是散落的湯汁，阿嬤用她還沒丟掉的衛生紙將那些湯汁給擦了乾淨。

我點了點頭，接著抽了好幾張衛生紙。我把衛生紙全都揉成像阿嬤那天使用過的樣子，我拿起衛生紙，將背包擦過一遍。被擦過的地方，似乎變得乾燥許多，這讓我感覺心情很好。

我就這麼反覆進行著，將衛生紙揉成一團，擦拭有水的地方，褲子溼掉的部分，也被我擦過一遍，立刻變得沒有那麼溼了，我還放了幾張衛生紙在制服上面，部分的水就這樣吸到衛生紙上，我把背包拎起來，滴水的地方全都放上衛生紙團，有趣的畫面和自己冒出來的好主意，讓我不由自主笑了起來。

桌面上有一些信件和紙張泡在水裡，但是沒關係，之前湯灑出來一些的時候，阿嬤也沒有生氣，只要拿衛生紙去擦就可以了，於是我又抽了更多的衛生紙，揉成一團，放到上面擦拭一番。

見衛生紙被抽完了，我便從桌下的抽屜拿了一包出來。

等到桌面上，再也沒有一灘一灘的水，或是散落的水滴之後，我才停下動作。

為了晾乾這些東西，我讓它們全都待在客廳桌上，衛生紙也全部放在桌上擺好，好在桌子夠大，可以容納全部的衛生紙團。

我心滿意足看著自己辛苦善後的成果，心想，這個禮拜四下午，我跟劉君老師聊天的時候，我要分享這件事情，表示我有做家事，而且很不容易。

我拿起鑰匙，打開我的房間門，回到房間裡，接著把門給鎖上。

我拿了一把美工刀，在箱子旁邊坐了下來，小心翼翼地把箱子上黏貼著的膠帶給割開，好讓箱子能夠被打開。

我打開箱子來，眼前冒出的東西，是一瓶一瓶的水——難怪會這麼重，我咕噥著——我將這些瓶裝水，一個個從箱子裡給拿出來，在地上擺好，我沒有去數它們有幾瓶，學校裡的很多同學都會這樣說：「妳應該很喜歡數數吧？」然而他們都猜錯了，我並沒有很喜歡數數，我覺得數數是一件很麻煩的事情。

拿著這些水瓶時，我感覺到我的眉頭皺在一塊兒，心裡面有一種叫做不開心，或是可以稱作不喜歡的感覺。但我沒有去理會那些感覺，因為我要找某個東西——

把其中一個水瓶拿出來的時候，我找到了！

在水瓶底下，冒出一個小小的透明盒子，還不用把盒子打開就能看見，盒子裡頭裝著兩樣東西。我將盒子拿起來，轉換各種角度地看，確認這次裡頭有沒有放別的東西，然而，就如同先前的每一次，盒子裡裝的就是一個控制器，還有一張小卡片。

我把盒子打開，先拿出體積較大的控制器。控制器的大小比滑鼠再小一些，是一個長方體，長方體的正中間有一個圓形按鈕。我動作很慢、很慢地拎著長方體的兩側，就是怕自己笨拙的動作，會不小心按到中間那顆按鈕。

這控制器，無論是哪一面，都沒有任何東西，沒有像冷氣遙控器一樣的電池蓋，也沒有數字文字之類的說明，但我並沒有很訝異，因為這不是我拿到的第一個控制器。

先將控制器輕柔地放到地上去，我才把透明盒子裡的小卡片給取出來，這次的小卡片上的內容是：

使用效果：每兩分鐘，身體的任一骨頭消失，具傳染力。

使用方法：對著任一人類，按下按鈕。

我拿起書桌上的螢光筆，將兩分鐘、骨頭，還有傳染這幾個字，塗上顏色，表示這是重點，表示我看過了。

卡片的背面，有一小段文字，那個內容是：

「班上同學用空瓶子，在鄉間小路的小水流中裝水，澆淋到盧年的背包上。」

就是這樣沒錯！這一次的描述也相當正確，我同樣用螢光筆把線給畫記上去。

就在剛剛放學的時候，我的同班同學，陳駿，跑到我旁邊來。

「嘿！盧！」他說。他常常用一個字叫我，我也聽習慣了。

我看向他，他用好開朗的笑容看著我。

「哈囉。」我按照規則打聲招呼，這是劉君老師教我的，她說人跟人之間的互動，是有一些遊戲規則，所以，別人跟我打招呼的時候，我也要回應才行。

「我剛剛走在妳後面，一直想說要怎麼跟妳說比較好，」他停頓了一下，輕輕皺了一下眉頭，接著說，「妳的背包沾到午餐的醬汁了。」

我倒吸了一口氣，立刻看向我的背包，畢竟我的背包就揹在我的胸前，只要低下頭就能看見它，可我不記得有什麼醬汁在上面。

「在那裡，下面一些的地方，」陳駿耐心指給我看，可是我怎麼看也沒看見，我把背包拿了下來，轉來轉去地看。

「在這啊！」他指著背包的下緣處，我仔細看著，卻沒有看見任何東西。

「來。」他一把拿過我的背包。

「可是——」我愣在原地，不知道該說什麼。我常常這樣，每次他主動跟我講話的時候，我都不曉得該跟他說些什麼作為適當的回應，我覺得這對我來說好困難。

「盧，妳希望妳的背包是乾淨的，對吧？」他把我的背包輕輕拎著，動作好像學校的學務主任一樣地問我問題。

「唔，嗯！」我點點頭。

「那我們把沾到醬汁的地方，清理乾淨，好嗎？我會幫忙的。」他講話的速度好快，發音也好清楚，我還來不及回應，他又接著說，「背包乾乾淨淨的，比較開心，對不對？」

「唔，對。」我看了看他的臉，又看了看我的背包，我想把它揹回來，可我也覺得，背包沾到醬汁的感覺讓我很不喜歡。

「很好，妳很棒，妳知道嗎？」他從不曉得哪裡，拿出一個空的塑膠瓶，他緩緩走向鄉間這條路旁的小河溝，「願意跟同學一起合作，就是最棒的事情！」

忽然被誇讚，讓我不自覺微笑起來。

他在路旁蹲了下來，輕輕彎下腰伸手將水流引進塑膠瓶中，很快就裝滿了一整瓶水。

「像這種醬汁，碰到這個材質的背包，其實只要用一點點的清水，很快，污漬就會不留痕跡——」他二話不說，將塑膠瓶對著我的背包倒去。

他笑著看我，一下就快把整瓶水都給倒完了！

「啊、啊——！」我衝到他旁邊，想搶過我的背包，但陳駿靈活地後退一步，我差點沒跌進河溝裡。

「小心一點！妳真的是，」他說，「要是跌進去就危險了！」

「唔，唔，背包，背包——」我指著我的背包，我希望他還給我。

「別擔心，妳看，」他接著把剩餘的水都倒在背包上，我的背包就這樣全部浸溼了，水從底部流下。「現在是不是乾淨很多？」

他把背包舉到我面前，我想伸手拿回來，但又停頓了一下，我覺得背包現在全都是水，我很不喜歡。

「是你最喜歡的背包，對不對？它現在沒有醬汁了，妳放心。」他笑著將背包拎過來，放在我的手上。

我接過，滿滿的水滴全都沾在我的身上，我可以感覺到我的眉頭全都皺在一塊。

「抱歉，盧，」他愧疚地說，「一定是中午打飯的同學，他們太不小心了才會把醬汁噴到妳的包包，我下次會幫妳一起注意的。」

「沒關係。」我回應道，點點頭，接著把包包揹在胸前，一股難受的感覺瞬間蔓延全身，我的制服就是從那個時候開始溼掉的。

「那就先這樣囉！明天見！」他笑著揮動他的手，接著就一邊小跑步離開了，他還不忘遠遠地說：「真開心能幫上妳的忙！」

「唔，嗯，嗯——」我聽得見自己只發得出這些聲音來。

這是一小時前才發生的事情。

但是有人——應該是人吧，我也不太確定——有人看見我剛剛發生的事情，然後在幾分鐘內準備了一整個紙箱的驚喜，放在公寓樓下，準備要給我。

每一次發生一些事情之後，都會有一箱紙箱在一樓等著我。

而且，我注意到，這些紙箱每一次都跟陳駿有關，因為卡片背面描述的，永遠都是我跟陳駿當天發生的事情，毫無例外。紙箱的內容雖然每次都不太一樣，但都是跟我們那天發生的事情有關係。紙箱這次裝了一堆的水瓶，陳駿剛才也堅持要裝水來幫我清洗背包，這個關聯性，我有發現，我覺得自己真厲害！

陳駿到底算不算我的好朋友呢？以前劉君老師有問過我，我在學校裡頭有沒有朋友，我那時候腦袋想著的人，便是陳駿，而我那時候的回答是，「有啊，我有朋友。」

但是有時候，我會有點懷疑。

因為陳駿常常不小心做出一些讓我很不開心的事情，讓我覺得很生氣，有時候，我是真的非常、非常生氣！

如果我太不舒服，就會感到自己很生氣，而我又不喜歡很生氣的感覺，那感受糟透了。尤其，我每次大生氣之後，都會有不好的事情發生。像是別人臉上的眉頭，會全部皺成一團，我不喜歡別人的臉變成那個樣子，他們通常皺眉頭之後，就會開始對我生氣，或是把我大罵一頓。

但是陳駿又會對我道歉，讓我知道他不是故意的。劉君老師常常說，朋友之間就是要互相保持禮貌，有吵架就要和好，做錯事情就要道歉，只要和好了，就都沒有關係。

既然這樣，那我們應該算是朋友吧！我也不知道。

他很喜歡對我開玩笑，或是跑來對我胡鬧，那應該是他在跟我玩。

也是因為這樣，我一開始認為，這些紙箱一定就是他送來的。

# 2.

我第一次收到紙箱的時候，就是他讓我非常生氣的那一天。

箱子上面有寫著我的名字：「盧年」兩個字，所以我第一次看到的時候，就知道，這個箱子應該是要給我的。

那天，我也是把箱子搬上去，不過那天的箱子沒有很大，也沒有很重，大概就跟我的背包差不多重而已。

我回到房間，把房門給鎖起來後，將箱子打開。一打開來，便看到揉成一團一團的色紙。

「啊、啊、啊、啊——！」一看到那些色紙，導致我不由自主大叫起來，因為那讓我想起，白天在學校時，陳駿在美勞課一直弄我，導致我情緒失控，又被老師大罵一頓。

我一邊發出啊啊啊的聲音，一邊抱著頭，將臉埋在手臂和胸前，然後把眼睛閉起來，讓我自己什麼都看不見。

等到我累了，口渴了，我才停下喊叫。

我看了一下手錶，這個時間，阿嬤還沒回來，所以家裡現在只有我一個人。

我把那些色紙不耐煩地丟到垃圾桶裡，拿到一半的時候，我發現，裡頭有一個被塞在色紙之間的透明塑膠盒。就像之後出現的每一盒一樣，裡頭都含有一個控制器，以及一張小卡片。

我氣憤地拿出螢光筆，在卡片上畫記，表示我看過了。

我想了想，把整個盒子放進背包，並揹起來快步出門。

我走在熟悉的路。一路上我都讓頭低低的，這麼做的好處，就是不會有人看著我，或是想要找我說話。我很不擅長跟別人說話，我常常不知道要回應什麼，所以，我能夠的話，就會盡量避開與人四目交接。

我小聲唸著同一句話，如果我多講幾次，等一下就可以講得比較快，因為這件事情很重要。

過了轉彎處，抵達我的目的地。

我走進去，櫃檯的值班人員一看到我，表情就變了，我有看到，他原先在滑手機的時候，表情跟現在是不一樣的。

「喔小妹妹，妳——」值班的那位叔叔，他是胡叔叔，我認得他，因為這幾次他都剛好在櫃檯值班。他嘆了一口氣，放下手機，但沒等他把話說完，我就把方才一路練習的句子講出來，因為我真的想要趕快講出來。

「你好我有危險物品我要報案。」

「妳不能一直這樣──」

「我有危險物品我要報案。」我又重複了一次。

「什麼？唉，妳等一下。」

「我有危險物品我要報案。」我想他沒有聽清楚，於是我又重複了一次。

那位值班的叔叔將上半身轉向他斜後方，對裡頭大聲喊著：「學長，阿年啦！阿年又來了！」

我緊張地原地踏步起來，我有點想要離開，但我也想要他們幫我處理問題，所以我的感覺很複雜，我不喜歡，可是我忍耐住了，唯獨我的眉頭還是全部皺在一塊。

沒多久，裡頭走出另一個叔叔，那是警察叔叔，張叔叔。

「齁，阿年！」張叔叔的眉頭全部皺成一團，我敢說，他的眉頭絕對比我的還要皺。

「我們上次才跟妳講過，妳不能這樣沒事就要跑來警察局，妳知道嗎？」

兩個叔叔站到我面前，圍著我。

一般來說，對於這種狀況我是不喜歡的，可是他們都是警察，我很喜歡他們，他們讓我覺得很有安全感，我很喜歡來這裡，所以即使他們的眉頭皺成一團，我也不介意。

我一邊踏步，一邊重複地說：「張叔叔你好，我有危險物品我要報案，我要報案，我有危險物品，我要報案。」

「我們有聽到了，有聽到，妳說什麼危險物品？」張叔叔問，胡叔叔則在一旁雙手交叉看著。

見他們願意處理，我趕緊把胸前的背包拉鍊拉開，把那個透明盒子拿出來，一把放到張叔叔手上。

「這是什麼？」張叔叔接過，拿在手上看了看，胡叔叔也將頭湊過去看。

「那個是危險物品，所以我要報案。」

「人類的身上會——」張叔叔唸出卡片上的字，但是他唸得並不好，他只有唸出一部分的字而已，而且他不像我會把看過的字用螢光筆畫起來，這可能表示他沒有看得很認真。

「控制器按鈕——」

他們倆對看了一下，胡叔叔聳了聳肩，張叔叔把塑膠盒放到胡叔叔手上，胡叔叔在旁邊把塑膠盒給打開來。

張叔叔面向我，我想他應該是想到要怎麼處理了，因為他是警察。

「阿年，妳知道妳不能三不五時就要跑來嗎？這裡是警察局，不是學生福利社！」

我嚇了一跳，因為他的口氣變得很大聲。

「我們已經跟妳說過很多次了，如果妳覺得在學校有什麼困難，妳可以跟學校老師說，學校有很多老師，大家都可以幫妳處理很多問題，而不是跑來我們這裡。我們要處理很多事情，如果有人需要協助，真的需要的那種，妳要我們怎麼辦？不能因為今天妳帶了妳的東西過來──」

「那不是我的，唔，唔，那是陳駿的，那個危險物品是陳駿的，唔，我希望你們可以處罰他──」

「不管、不管那是誰的！」張叔叔講話的聲音好不容易才慢慢變小聲，現在又立刻變得很大聲，嚇了我一跳，我嘴巴緊閉起來，「妳要知道，這裡不是學校，也不是妳拿來惡作劇的地方！」

胡叔叔已經把控制器拿在手上。

「這東西怎麼做得這麼精巧？現在流行這種東西嗎？」他眼睛瞪得老大。

張叔叔嘆了一口氣，「妳想，要是每次妳都帶這些東西來跟我們告狀，問我們怎麼辦，可是我們又不是學校老師，能怎麼幫忙？對吧？」

我沒有想到會變成這樣，我總覺得他們沒有在處理這件事情，這讓我很慌張，我踏步踏得更大力了。

「唔，唔，我要報案──」

「好，我知道，我們都有聽到，但是阿年，我得通知妳阿嬤，妳知道妳阿嬤上次才在這裡跟我們道歉嗎？阿嬤真的很辛苦，她一個人把妳帶大，白天還要花時間去做工作，妳真的要替阿嬤好好想想。」

「但是，但是我，唔，唔，我應該要報案，因為，唔，陳駿這樣子是不對的，而且他一直，唔，把我的色紙給弄亂，全部的顏料都——」

「妳聽我說！妳先不要講話！妳的阿嬤——」張叔叔的聲音變得非常大聲，嚇得我摀住耳朵，閉上眼睛。

他一定是生氣了，這我很確定，我認得別人生氣時候的反應，因為我很常看見別人有這個反應，所以很好辨認。

我踏著步伐，我希望他可以停下來，不要對我大聲說話，或是唸我一頓。我更希望他可以處理我帶來的問題，這裡是警察局，他是警察，所以他應該要處理我的問題，我明明有說「報案」這兩個字。

不知道怎麼了，忽然一點聲音也沒有。

我緩緩抬起頭來，將眼睛張開。

眼前的畫面卻把我給嚇壞了，張叔叔張著嘴巴，卻沒有說任何話，他的臉頰不知為何，破了一個洞。

那洞又大又圓，就像被什麼特殊工具給切割過一樣。

「這是、這是⋯⋯」他的雙手顫抖著，鮮血不斷從他臉上的破洞湧出，他的眼珠子就位在破洞的邊緣，我可以清楚看到，那顆眼珠子露出不該露出的範圍。

我接著聽到的是，好大的喊叫聲，我還是把耳朵給摀著，但即使摀著耳朵，他們尖聲叫喊的聲音還是很清楚。

胡叔叔也在叫喊著，但他似乎不是因為張叔叔臉上的破洞，而是他自己的手。他方才拿去把玩的控制器從他的一隻手上掉落了，他把另一隻手舉在空中，我透過他的那隻手，居然可以看到他的臉，因為他的手掌也出現了一個大破洞，一個又大又圓的洞。胡叔叔的手掌，被挖了一個大洞。

張叔叔整個人向一旁倒下，警局門口忽然聚集了更多的人，有的是從辦公室走出來的警員，有的是從外面走進來的民眾。

接連著的，是更多的尖叫聲，我從來沒有一次聽過那麼多的尖叫聲。事實上，我應該沒有聽過其他人的尖叫聲，我只聽過自己的，我有時候會尖叫，像是心情很差，或是我真的感覺非常不開心的時候。

我好像也有在尖叫，但我不確定，因為我摀住了耳朵，而且實在是太多人同時在發出尖叫聲了，我的聲音被埋沒在這些噪音當中。我蹲了下來，就這麼待著不動，旁邊有時會有人撞到我，他們急忙衝出警局，也有人衝進警局。不知道他們為什麼也要跑來警局，我覺得有點難以思考。

我把眼睛整個閉起來，摀著耳朵、抱著頭，並發出「啊——啊——啊——」的聲音，這些動作總是會讓我感覺比較舒服一些。

我覺得有點沒有辦法思考，外面好混亂，我的心情很不舒服，我不喜歡這樣，我還在想著我要報案的事情，陳駿讓我不開心的事情。

不知道過了多久，我的喉嚨開始不太舒服，讓我有點不想發出聲音。我這才注意到，似乎，我的周遭也沒有其他聲音了。

我蹲著的腳，好僵硬，我先慢慢睜開眼睛來，因為我想要起身了。警局十分安靜，燈光亮著，讓人很有安全感，跟外頭不一樣，警局外面，很明顯已經天黑了。不用認真看，也會發現四周散落著各式各樣的人。

方才的張叔叔還在我腳前躺著，他臉上的破洞還是一樣的大小，除此之外似乎沒有增加新的破洞。胡叔叔不在這裡，不曉得他去哪裡，是不是去醫院了，或是接到報案電話，跑出去協助大家了。因為他是警察的關係。雖然，我回想起來，他手掌上應該還有一個不小的破洞才對。

其他人我都不認識，他們有的人趴著，有的人躺著，但怎麼看都是一個讓人覺得不舒服的姿勢。如果是我，應該不會用那樣的姿勢休息。我覺得原地蹲下是一個好姿勢，像我現在這樣，雖然那每次都會讓我的腳很痠。

我試著要站起來，結果跌坐在地上，撞到後面的人，我在心裡說了一聲對不起，但我決定不說出口，因為他看起來沒有反應。那個人的手臂有一大堆破洞，這讓他的手看起來很不像一隻手，而是像什麼黏土作品。

我順利起身後，走進警局裡面，想要找到其他警察，因為這個畫面我有在電影裡看過。這是一場災難，人類遭逢意外的災難，這種時候當然要請警察幫忙，因為他們是警察。

我找到員警們的辦公室，開門往裡頭看，卻發現一個人也沒有。我想，大家可能都因為這場意外，而紛紛外出執行勤務了。我經過了廁所、會議室，還有質詢室，仍舊一個人影也不見。我繞啊繞的，回到警局門口，由於門口散落一堆人，他們一點反應也沒有，我猜測他們應該是——像電影裡面講的——死掉了。我想繞過他們，用不碰到他們的方式，走到警局外面，所以我先研究了一下等等我的腳步要踏在哪些地方。

忽然，我發現了我帶來警局的透明塑膠盒裡面沒有東西，不過卡片和控制器剛好就在盒子旁邊。我用比較安全的腳步踏過去，好在，並沒有碰到任何人，不然我會覺得很不喜歡。

我先是把控制器拿了起來，卻發現，控器上居然一個按鈕也沒有，按鈕居然憑空消失了，但我顧不得那麼多，我將它放進塑膠盒子裡，接著拿起卡片。

在卡片的使用效果那一列中，寫著：「每半小時，身體的任一部位出現大小不一的破洞，具傳染力」。

卡片上，半小時、大小不一、破洞、傳染力這些文字，都已經被我用螢光筆給畫記起來了，表示我有看過，而且這些是重要的事情。

我覺得卡片上寫的東西，跟現在地上這些人的身體狀況，好像有點相像，但我不是很確定，很多事情我都會搞錯。

我把卡片也收進塑膠盒中，接著用剛剛在腦袋想過一遍的路線，繞過地上這些人，走出警局。

警局外面同樣是糟透了。

只要是我能看見的任何一個人，全都東倒西歪，在地上一動也不動，這跟平常有很大的不一樣。通常走在戶外時，人們都是直挺挺的站著，就連常常低著頭走路的我，也不會像這樣，在外面的地板上趴著，或是躺著。

我維持我平常走路的習慣，低著頭前進，可是這時候，低著頭反而更容易與人四目相接。沒走幾步路，我已經跟好幾個人有眼神接觸了。每次有這樣的眼神接觸時，我都會覺得不知所措，而現在，我感覺更加徬徨了，因為，平常他們還會對我揮手，或是主動問我問題，現在他們只是睜大眼睛看著我，但卻一句話也不說，什麼動作都沒有。而且他們的身上，佈滿大大小小的破洞，讓我看了覺得很不舒服。

只要四目相接的情況發生，我就逼不得已只能先停下來，因為我要搞清楚他們要跟我說什麼，結果每一次我停下來，都只有得到無聲的對話——這是我從學校課本中學來的用法，雖然我覺得這樣講很奇怪，對話怎麼會是無聲的——因為他們都死了，死掉的人不會說話，但眼睛常常是睜開的。可是，沒有確認一下，我會分不太清楚，他們到底是死掉了，還是只是躺在那裡休息。我對別人沒有那麼瞭解。

我很害怕，我很確定現在的感覺是害怕，這跟以前不小心被反鎖在學校廁所時很像。那時候，我的身體也會不由自主地發抖，我還會感覺心臟跳得非常快，喘氣喘得很急促，怎麼換氣都沒辦法讓心臟的跳動速度下降。

我在想，今天可能是沒有辦法報案了，因為我只知道怎麼走來這間警察局，我也只想來這間警察局。這裡有我常常看見的張叔叔，他跟阿嬤說話的時候會很溫柔，很有耐心，好像很多事情他都能夠處理。我請他幫忙的問題，大部分都有辦法幫我，但是他死掉了，這樣的話，我今天可能沒有辦法報案了。

我往回家的路上走著，試著要抬起頭走路，這樣才不會隨時都跟地上躺著的人四目交接，可是那讓我覺得很不自在，這不是我平常習慣的走路方式。我不曉得抬頭走路的話，要看著哪邊比較好。我真的覺得很困擾，所以，走沒多久，我就會先蹲下來，把自己的頭給抱住，搖晃我的身體，發出「啊——啊——啊——」的聲音。

等到我覺得好多了，才再度起身，往家的方向走去。

一路上，不只是人們都跟以往不一樣，車子也很不一樣。

通常，車子都會沿著馬路的線開著，這是很久以前，不曉得誰，就已經訂好的規則。然而這個晚上，不僅是沒有任何一台汽車在行駛中，它們甚至都不在馬路的線旁邊或是停車格裡，反而撞進店家門口，或卡在公園的樓梯上，這是非常奇怪的事情。我雖然很好奇，但我不敢過去看，因為，我怕又看到可怕的畫面。而且，我不是警察或醫生，我知道這種情況，應該是派他們上場的時候，這不是一個高中女學生可以處理的。

「警察或是醫生、警察或是醫生——」我小聲地重複唸著，一遍又一遍。

費了不少功夫，我才終於回到家樓下。

打開樓下大門，我快步上樓，再把家裡的門給打開，我一進去屋子裡，就趕緊再將房間門給打開，進去房間後把門反鎖上。

「哈——呼——哈——呼——」

我大力呼吸，很大力很大力的呼吸著。

我沿著床和書櫃，來回踱步，這裡很安全，這裡是我的房間，這裡是我的房間，我有確實鎖上房門了，我有確實鎖上房門了。

「哈——呼——哈——呼——」

我發覺到我全身都在發抖，尤其是我的雙腿。我之所以會注意到，是因為我來回踱步的時候，小腿因為不由自主抖動的關係，讓我有幾次踉蹌撞到書櫃。但我沒有停下來，我還是不停來回踱步，繞著我熟悉的小圓圈。

不知過了多久，我一個不慎，撞到我的椅子，跌坐在地板上。

我爬到床邊，拿了一個黑色小包包，抱在胸前。

我忍不住，開始哭了起來，眼淚一直滑落下去，哭著哭著，身體還抽搐起來。我不喜歡哭給別人看，因為在學校的時候我也有哭過，學校同學看見我哭了，常常只會在旁邊笑我，讓我更難過。但是這裡是房間，沒有學校同學在我房間裡，所以我就放聲哭了，一點也沒有忍住。

但我不曉得我為什麼會哭，我沒有受傷，也沒有像外面的人一樣身體出現任何的破洞，他們才應該要哭，他們很奇怪。

我抱著胸前的包包，晃動我的身體。我可以感覺到，我慢慢不想哭了。我胡亂用衣袖擦掉眼淚和鼻涕。

小包包看起來沒有被用髒，太好了。這是我最愛的包包，裡面裝著我最寶貴的東西。我抬起頭來，看向牆壁的時鐘，已經是半夜十二點了，難怪我覺得肚子好餓。

我把小包包好好放回床邊。我心想，不曉得阿嬤回來了沒，平常的話，阿嬤應該早就到家了，她通常會從外面買晚餐回來，但我剛剛進門的時候太急，沒有檢查鞋櫃。如果鞋櫃上有阿嬤常穿的鞋子，就表示阿嬤已經回家了，如果鞋櫃上沒有阿嬤常穿的鞋子，就表示阿嬤還在外面。

我出了房間，走到家門口的鞋櫃旁。

阿嬤常穿的那雙鞋子，就擺在鞋櫃裡。

我回頭看，客廳桌上也有兩個餐盒便當。

所以阿嬤在家嗎？啊，阿嬤是不是在房間睡著了，因為我這個時間才回來，她是不是覺得等我太久，很累很累，就先去睡了？因為阿嬤有時候會說，照顧我很累。

我走到阿嬤的房間門口。房間門是半掩著的，一推開門，就看到電視亮著，是新聞台的畫面，可是新聞裡面，沒有記者在講話，只有跟剛才我在外面看到的畫面一樣，一群躺在地上或是趴在地上的人。

阿嬤就坐在她的房間椅子上，背對著我。

「阿嬤，妳醒著嗎？」我從背後喊她。

阿嬤沒有回應我，應該是睡著了。

「阿嬤，我肚子餓了。」

阿嬤還是沒有回應我。

我低頭看去，阿嬤椅子旁，有一灘血濺在地上。

我走過去，到阿嬤面前。

阿嬤張著嘴巴坐著，但是阿嬤長得跟以前不一樣了，這可能是因為阿嬤的臉上，兩顆眼珠子都不見的關係。不只是眼睛，眼睛那邊的骨頭也消失了一部分，看起來就好像被什麼東西給憑空挖走了一樣。原來阿嬤的身體也出現破洞了，而剛好破洞就對稱出現在眼窩上。

「阿嬤，我先去吃飯喔。」我對著眼珠子被挖掉的阿嬤說，但我想她應該聽不到才對，我也不確定。

我想阿嬤今天沒辦法吃飯了，我把電視留著沒有關掉，走到客廳，把其中一個便當盒給打開來。

我實在是太餓，沒兩三下就把便當吃完了。吃完後，我把垃圾收到廚房的垃圾桶去，然後就回房間。今天阿嬤不會叫我去洗澡刷牙，所以我就不去了，而且我不會被罵，因為阿嬤沒有辦法罵我。

我爬上床，將黑色小包包抱在懷裡，接著蜷縮在床頭。我維持這個姿勢不動，覺得身體變得暖和起來，這個感覺很舒服，我很喜歡。

可能太累的關係，我一下就睡著了。

一覺醒來已是上午，我的上學鬧鐘響了起來，我把鬧鐘按掉，讓房間安靜下來，我把黑色小包包放回原位擺好。窗外一點聲音也沒有，跟平常的上午不一樣。

我離開房間，去廁所把自己梳洗一下。換了件乾淨的衣服，雖然今天是星期四，沒有體育課，我可以直接穿著原本的制服出門就好，但我還是換了一套衣服。

客廳的便當盒還在桌上，那應該是阿嬤昨晚買回來自己要吃的，因為她都會買好兩人份。

我走去阿嬤房間，電視還沒關上，但是新聞台已經沒了畫面。

我繞到阿嬤面前，一屁股坐下。

「阿嬤，我要吃早餐。」

我看著阿嬤，阿嬤一點回應也沒有。

「阿嬤，我要吃早餐！」我將講話的音量放大了一些。

但是阿嬤依舊沒有任何回應。

我感到不知所措，我很多時候都會感到不知所措，所以這個感覺我很熟悉。只是，這個感覺常常讓我很困擾，不知所措是很麻煩的一種情緒。

「趕快弄好，阿嬤帶妳出門去吃早餐，不然等一下上學又來不及！」我腦袋冒出阿嬤催促我的聲音，但不是眼前這個阿嬤發出來的。那是阿嬤眼珠子被挖洞之前，幾乎每個上學日都會對我說的話。

「阿嬤，我好了，可以帶我去吃早餐了嗎？」我又提醒阿嬤最後一次。

我看向阿嬤的臉，阿嬤的臉看起來很沒精神，眼窩那裡飛了好幾隻蒼蠅，阿嬤連手都不揮，就這麼讓蒼蠅在她臉上爬啊爬的。

阿嬤也死掉了。

才一天的時間，好多人都死掉了。

沒有人載我去吃早餐，我要自己去嗎？但是如果這麼多人都死掉了，學校應該也沒有人了，因為小卡片上面有寫得很清楚：「具傳染力」這四個字，我有畫上重點，表示我看過了。這樣的話，我還需要去學校嗎？教官應該不會算我遲到，因為教官可能也死掉了，或許不去學校也沒關係。

我靜靜坐在阿嬤面前，但我的腦袋沒有真的那麼安靜。我的腦袋會有很多聲音，有時候有我跟自己講話的聲音，有時候會有阿嬤的聲音。現在除了這些聲音之外，還有電視發出的雜訊聲。

坐著坐著，我發現阿嬤開始散發出一股難聞的味道，她的皮膚顏色變得有點奇怪，是我沒看過的膚色，感覺那樣的皮膚沒有很健康。

我起身，回到房間裡待著，我想我應該可以自己去早餐店拿東西吃。

我在紙箱旁邊蹲下來，把裡頭的色紙一張一張拿出來，我想把這可怕的東西帶去外面回收。

「咦？」我發出驚訝聲。

一張張色紙被拿出來之後，底部居然冒出另一個塑膠盒，跟我帶去警察局的塑膠盒沒有什麼不同，只是這塑膠盒上貼著一張便條紙，那紙上寫著：

「試用完畢請按我，會恢復原狀。」

我把塑膠盒打開，裡頭只有一個控制器，長得跟原先那把控制器一模一樣，如果沒有塑膠盒上的便條紙，我應該不會知道那是不一樣的控制器。

我到桌上拿了螢光筆，把便條紙上的字給畫上重點。接著，沒有多想，我就把控制器上的按鈕給按了下去。

我蹲著，抱著我自己的雙腿，保持不動的姿勢，這是我很擅長的動作。

過了一會，原先安靜無聲的房間，開始從窗外傳來一些汽機車駛過的聲音。

我忍不住微笑起來，我把色紙全部丟到垃圾桶裡，接著把垃圾桶的垃圾全部包起來。我把後來冒出來的塑膠盒和被我帶去警察局的塑膠盒都放進書架上擺好。

忽然，房間門發出「碰碰碰」的撞擊聲，我看向門去。

「阿年啊！妳到底是好了沒啊？」阿嬤在門外發出急躁的聲音，「動作快啊！阿嬤還要帶妳出門去吃早餐，不然等一下上學又來不及！」

「阿嬤？」我對著門外喊著，我想確認外面那個阿嬤的聲音，不是從我腦袋裡冒出來的。

「什麼？」門外的阿嬤回應道。

「沒事，我好了，帶我去吃早餐。」

我把門解鎖打開，看到阿嬤往鞋櫃走去。

「好好好，那我們趕快出門，哎唷！等一下你們老師又在學校門口給我唸，我每次都被他唸到很不好意思，哎唷——」

這樣我今天就有人帶我去吃早餐，也能去學校上學了。

這就是我第一次收到紙箱的狀況。我想，這些紙箱應該不是陳駿的作品才對。

# 3.

他們說我有自閉症。

我不是很確定那是什麼，因為那個名字對我來說，太抽象了，讓我很難理解。我隱隱約約知道，那是一種疾病，而且似乎很多人會對這個疾病感到困擾，其他細節我就不曉得了。

至少我自己是沒有感覺身體上有哪裡不舒服。

感冒，我可以理解，感冒會讓人咳嗽，也會讓人發燒。如果我有感冒，那可能是因為我在咳嗽，而且我的額頭很燙很燙，這種時候，只要吃藥就可以了，因為吃藥可以讓感冒消失。但是自閉症好像不是這樣，醫院的醫生對阿嬤說過，「這個病吃藥不會好」。

其實我喜歡這個醫生的回答，至少這個回答是很清楚的，我反而不喜歡聽到別人說「我覺得還好」這種答案，我在很多地方都有聽過這種回答。

自閉症到底是怎麼一回事呢？其實我也不知道。

因為我有自閉症的關係，所以我每個禮拜四，都要在學校輔導室裡跟劉君老師聊天，這是我們班導師規定的。我一開始不是很喜歡，但是現在有人問我的話，我會說，我並不介意。甚至，我很喜歡去輔導室找劉君老師聊天。

劉君老師跟我一樣是女生，她知道我可能會有的困擾，像是月經，或是胸部的事情，還有交朋友的事情。

我可以感覺到她的不一樣，但我一開始不太知道。我之前覺得，學校老師每一個都很像，雖然他們都長得不太一樣，可是他們都會唸我，每一位老師都會，這很正常。有的時候，他們會小小聲唸我，讓我覺得很煩；有的時候，他們會大聲唸我，讓我覺得很想要蹲下來抱住自己。但是，劉君老師幾乎不會唸我，不是那種大聲或小聲的差別，她真的是一個很奇怪的老師。

她每次跟我講話，口氣都好溫柔，而且不只是不會唸我而已，她甚至很常誇獎我，這讓我覺得心情很舒服。每當我心情很舒服的時候，就會忍不住一直笑出來。所以，在輔導室裡面，我常常都是笑著的。這也是很不一樣的地方，因為我在學校的其他地方，很少會有讓我感覺心情很好，好到讓我想要笑出來的時候。

我們在輔導室可以聊好多話題，好多都是我原先以為我沒有辦法跟別人進行的話題。她總是有辦法可以找到話題跟我說，這樣很輕鬆，我不用很費力想著要怎麼回應，甚至，有時候我安靜不說話，她也都會等我。

我很喜歡她，阿嬤說，那就是她的工作，她知道怎麼讓人感覺比較舒服。

阿嬤也很喜歡她。

就我來看，阿嬤跟她的互動也是比較特別的。

畢竟阿嬤只有在劉君老師面前，可以不用一直道歉。阿嬤總是在跟別人道歉。

阿嬤會跟學校導師道歉，阿嬤會跟學校教官道歉，阿嬤會跟學校校長道歉，阿嬤會跟理髮院的設計師道歉，阿嬤會跟便當店的老闆娘道歉，阿嬤會跟寵物店店員道歉，阿嬤會跟警察道歉。

但我不喜歡阿嬤跟他們道歉，雖然他們會原諒阿嬤，但是我在旁邊聽，心裡都感覺不是很舒服，他們會當作我聽不懂一樣，就在我面前討論我的事情，而且都不是什麼開心的事。

阿嬤有時候甚至會跟我道歉。

「阿年啊，阿嬤對不起妳，沒給妳生一個健康的爸爸，讓妳要跟阿嬤住在一起，阿嬤白天還要去做一點工作，才有辦法讓妳正常吃飯，晚上回來都好累，妳的功課阿嬤也看不懂，哎唷——」

我也不喜歡阿嬤跟我道歉，因為我每次都不知道阿嬤什麼時候才會講完話，但是阿嬤在道歉時，都會對我比較好一點，那樣總比她唸我來得好。因為她一旦開始唸我，就會比對我道歉還要久，她真的可以唸我很久。

有好幾次，我被阿嬤唸到心情真的很差，就在她面前大叫起來，摀著耳朵來回踱步。她哭了起來，但我沒有心力管她，我通常都沒有心力管其他人。

我其實也不明白她在生什麼氣，可能是因為她開始唸我的時候，我就會去想一些比較好玩的事情，這樣就不用聽到自己被唸的事情。但有的時候，即使我認真去聽，也聽不懂她在說什麼。她無論什麼事情都可以唸我，我不喜歡她這樣，我已經好幾次叫她不要唸我了，可是她就是沒有辦法停下來。阿嬤對很多事情的看法都是對的，至少，我們身旁的人都會支持阿嬤的想法。我也有很多想法，我覺得我的很多想法也都是對的，但是我們身旁的人，幾乎沒有人會支持我。也因為這樣，阿嬤會在更多事情上面管教我，因為我常常都不是對的。

我不喜歡自己常常是不對的，這讓我覺得很心煩。

如果在家裡的話，只要我覺得很煩，就會拿出鑰匙打開房門，跑進我的房間裡，再把門給鎖上，確保沒有任何人可以闖進來。

每次，我都會走到床邊，將我最愛的黑色小包包一把抱在胸前，搖晃我的身體，就像有的人會抱著嬰兒那樣，我認為人們會抱著嬰兒來哄自己，讓自己比較舒服，我也喜歡這樣的感覺。

我是給阿嬤一個人照顧的，從國小二年級開始到現在。阿公過世了，所以沒有阿公阿嬤兩個人，只有阿嬤一個人。

爸爸在我幼稚園的時候罹癌過世了，他還在我身邊的日子，總是生病不舒服。因為生病沒有辦法陪我出門玩，如果拿拼圖過去找爸爸，他也只能勉強拼出三塊而已，但是拼圖應該要全部拼完才會好玩，所以我對他的印象很少。而且他已經死了，沒有辦法照顧我。

媽媽則是在台北工作，她正努力存錢，因為台北有比較多的薪水，所以她幾乎每天都在台北認真工作，這樣才能多存一點。以後也會有比較多的錢可以照顧我。等她存夠錢之後，就會來把我接去台北生活。

這些我都很清楚，因為每個月她都會寄信回來，問我好不好，有沒有乖乖聽阿嬤的話，她也會分享自己在台北的工作。從信件裡媽媽看起來很忙，但是她也看起來很開心，這是好事。

這些信全都被我放在黑色小包包裡，所以我很愛這個黑色小包包，抱著包包的動作會帶給我一種安全感。

媽媽寄來的每一封信，我都很熟悉，因為每一封信我都至少看過二十遍以上。我喜歡她寫的每一封信，她寫的字都很好看，我尤其喜歡看她寫我名字中的「年」這個字，她會把字的最後一筆畫的尾巴往下畫出長長一條，就好像一把長劍一樣，又直又鋒利。

我很喜歡媽媽，媽媽會關心我，媽媽很溫柔，她甚至有時候會寫一些小故事給我。我曾經跟劉君老師分享過這些故事，劉君老師告訴我，這些故事背後都有一些涵義，為了是要教導我成為更好的人，或是讓我的生活過得更舒服。我對於看出「故事背後的涵義」這件事情不太擅長，就像有的人會說「我不是這個意思」，這種時候我都覺得好困擾。因為，我通常就只會知道事情的一種意思，其他躲藏在背後的各種意思，我需要別人跟我解釋，才有辦法知道。

媽媽都會在信裡面鼓勵我，她很相信我，她知道我不是一個笨蛋，我很喜歡這種感覺，因為我身旁的人，大部分都把我當作笨蛋一樣對待。她知道我的高中生活已經來到最後一年，她認為我是有辦法可以考上大學的。因為如果考上大學，未來可以做的工作，會有比較多的選擇。看了媽媽寫的鼓勵，我也會覺得自己很有能力，我每次看著她信件中的文字，心裡面都會不由自主冒出一些溫暖的感覺，好像有東西在我胸口發熱一樣，很神奇。

我想要考上大學，因為這樣的話，我就不用住在家裡，我不喜歡住家裡。如果沒有考上大學的話，我就得要跟阿嬤繼續一起住，住在家裡會一直被阿嬤管，一直被阿嬤唸，我不喜歡這樣。只要考上大學，我就可以搬出去了，大學裡面有學生宿舍，我可以住在宿舍裡面。甚至，我可以想去找媽媽就去找媽媽。

而且我不是個笨蛋，有的時候我還是可以解開一些數學題，或是選答出正確的英文句子。媽媽在信裡提到，只要我保持看書寫功課的好習慣，一定可以讓成績變得越來越好。

成績變好，考上大學，離開家裡，這就是我的計畫。

# 4.

現在是禮拜四的下午，我待會要去輔導室，而不是上數學課，因為接下來是我跟劉君老師的聊天時間。

我把書桌上的東西收拾乾淨，等聊天的時間到。

忽然，有人丟了一張紙條到我桌上，我沒有看清楚是誰丟的，因為下課時間大家都在教室裡面走來走去。

「唔，那個，你們有看到這是誰給我的嗎？」我拿起紙條問旁邊的同學。

旁邊一群同學似乎沒有聽見我的聲音。

我又大聲問了一次：「你們！有看到這是誰給我的嗎？」

一群同學中，蘇萱看向我，對我揮揮手，這個手勢我認得，她是要我靠近她一點。

我靠近她，她也湊向我的耳邊，接著她——

「沒！有！看！到！」她在我耳朵旁邊大叫起來。

那聲音太大了！我趕緊摀住耳朵，往別的地方逃竄。

「我！們！都！沒！有！」她沒有停下來，而是抓著我的肩膀，不讓我逃走，她對著我的耳朵繼續大叫著，「沒！有！看！到！抱！歉！」

她抓得好用力，我的肩膀被她緊緊抓牢，很不舒服。我的耳朵也很不舒服。

班上同學爆出一陣笑聲，我很不喜歡這聲音，每次這聲音出現，都讓我覺得很不開心，因為通常都會剛好發生很不開心的事情。而且他們每次覺得好笑的事，我都沒有覺得好笑。

我的肩膀被鬆開了，聲音也慢慢停下來，我才睜開眼睛，蘇萱在我面前，她將雙手闔十，對我露出不好意思的表情。

「抱歉欸阿年，」她這次用一般的音量對我說話，「因為妳剛剛很大聲講話，我以為我也要很大聲，妳才會聽得到。抱歉抱歉！」

「唔，嗯，嗯。」我覺得哪裡很奇怪，但是不知道要怎麼回應她。

「欸！」蘇萱的表情變了，她剛剛用很不好意思的表情跟我說話，一瞬間卻又變成生氣的表情，「妳不要這麼沒有禮貌喔！人家跟妳說抱歉，妳居然只有嗯嗯兩聲，連個沒！關！係！三個字都不會說！」

我好想現在就逃到什麼角落去時，才發現我已經在教室的牆角了，班上同學都圍著我，盯著我看。看起來我沒有可以逃出去的縫隙，因為他們把我能走的路都給堵住了。

「唔，唔——」我想要講些什麼，但太緊張了，講不出話來。我一緊張就只能支支吾吾地發出聲音，我不是故意要這樣的。

「妳現在該說的是抱歉！說妳很抱歉！現在就說——！」蘇萱大聲斥喝起來，還在空中對我揮拳。

「唔，不要這樣，我不知道，我不知道——」我低著頭，不敢看她，我只看著地板，我想把頭鑽進地板裡把自己埋起來，這樣他們就看不到我了，我不想被他們任何人看到。

「好了好了。」

一個聲音從喧鬧中冒出來，一聽見這聲音，班上的同學就紛紛安靜下來，我也稍微拉高我的視線。陳駿從同學圍成的圓圈中破圈而入，大家讓開路來，讓他走到我面前。

「大家不要再這樣，雖然是下課時間，但基本的秩序還是要維持的。而且，阿年看起來很緊張。」他語氣溫和地緩解氣氛。

「喔喔喔！的確是這樣呢！」

「真的欸！」

「好像是欸！」

所有同學紛紛回應道，他們認出了我現在很緊張的樣子。我現在的確是很緊張，我不喜歡被大家盯著看，而且，我還要去輔導室，時間快到了。

「所以啊！大家要互相幫忙，知道嗎？」

視線角落中，可見大家一個一個點起頭來，不曉得為什麼，有一種說不出來的怪異感覺。

「好了，阿年，妳剛剛要拿什麼給大家看？」

我愣住了。

我以為接下來大家就會散開來準備去座位上拿數學課本，準備上數學課，數學老師都會希望大家先把課本拿出來準備好。但是他又繼續問我問題，我不想花時間在這裡，只想逃走。

「唔，唔，沒有，沒有了。」我說謊，希望大家趕快走開。

「有吧，我也在教室，我有看到妳拿個什麼，要大家幫忙？」

我看向旁邊，又看向地板，感到不知所措。

「我常常這樣說，同學間就是要互相幫忙，因為大家都是夥伴，對不對？」

大家紛紛點點頭，我的頭也不由自主點了點。

「對嘛！互相幫忙，是很正常的，不要緊張，嗯？」他把手伸了出來，「我看看那東西，可能我知道？」

我有點猶豫，不知道該怎麼做，但他說得很有道理，聽起來也很想幫我的忙，應該沒有問題才對，但是我又覺得哪裡怪怪的，只是不知道是哪裡奇怪。

「好嘛，我看看，嗯？沒事的。」

過去。

「唔，嗯。」我不知道怎麼辦，就把手給伸了出去，我把紙條拿到他手上，陳駿接了

「對啊，這樣不是很棒嗎？有問題的時候，就讓同學多幫忙，不用太在意，知道嗎？」

我點了點頭，心想，太好了，問題解決了，這樣我就可以離開，請大家離開這個角落，趕緊去準備上數學課吧，我也要離開了。雖然與同學的互動都會讓我很緊張，但是這次可以安然度過，是一次很棒的經驗，我又進步了，這樣離我的目標又更進一步了，然後——

「阿年，我想這事件我得要報告老師才行。」陳駿說。

我抬頭看向他的臉。

他將紙條舉在空中，表情沒有了笑容，相當嚴肅，他直直地盯著我的雙眼，說：「妳在紙上寫上髒話，要傳給同學們，這是很不好的行為，我會跟老師報告這件事情。」

我搖搖頭，感覺心臟忽然用更快的速度在震動。

「唔，我、我沒有，唔，我、我沒有啊！」我不知道這是怎麼一回事，我什麼都不知道。

「妳寫了很多髒話，我不想唸出來，妳自己看。」

他把紙條捏著，朝我拿近，裡頭確實寫著各式各樣的髒話，每一句都很難聽，都是說出來會讓人生氣、讓人聽了很不開心的句子，而且那些句子上，都有被螢光筆給畫記過的痕跡，表示這個紙條被看過了。

「我、我不知道，唔，我不知道啊！」我重複著，我真的不知道這張紙是哪裡來的，他為什麼說是我寫的。

我想把那紙條給搶過來，陳駿一個縮手，後退一步，輕鬆躲過我的動作，這對他來說很容易，因為他是練田徑的選手。

「總之，請妳注重跟同學之間的基本禮貌，我會確實讓老師知道這件事情，這樣對妳也是比較好的，就先這樣，大家都要上課了。」

我喘著氣，我不用照鏡子，就能感覺我的臉都漲紅了。我的手在發抖，不知不覺已經握成拳頭狀，我想我生氣了，我很生氣。

鐘聲響起了。

「我沒有，唔，我沒有，唔，唔，唔——」

我想要辯駁，但我不擅長辯駁，就算是解釋事情，都不太擅長，更何況要向同學反駁，對我來說就又更複雜、更難了。而且就在我不知道要怎麼開口時，大家已經鳥獸散，各自回到座位上了。我待在原地，不知道該怎麼辦。

數學老師走進教室裡，陳駿走到老師面前，老師笑了笑拍拍他的肩膀。

「老師好，這個是——」他把剛才的那張紙條遞給老師，還轉頭對著我的方向用手指了指我。

數學老師一看到紙條內容，臉色沉了下來，對著我搖了搖頭。

接下來的半小時，我被帶到教師辦公室去，班導師在座位上訓斥了我一頓，那個禮拜，我的聊天時間被暫停一次了。

# 5.

我有跟劉君老師說陳駿的事情。

雖然我沒有辦法把很多事情講得很清楚，但是我很佩服自己可以在輔導室把一些事情給表達出來。至少，在這個聊天時間出現之前，我沒有想過會有這一天。

我都只有提到片段而已，那些對我來說重要的片段，像是他常常對我說「不要擔心」這句話，或是他的表情，有時候溫柔，有時候嚴厲，這些我覺得印象深刻的片段。

劉君老師也會用我跟陳駿的相處方式，判斷我有沒有進步的依據。

我每次都會猶豫，到底要不要讓陳駿幫忙，因為他很常會說要幫我的忙。劉君老師每次都會鼓勵我，勇敢接受同學幫忙，這樣也是在幫自己的忙。所以我現在都會鼓起勇氣，讓同學幫我。

可是不知道為什麼，後來的結果都還是不太好。

劉君老師是學校的輔導老師，她知道我在交朋友上，有很大的困難。她認為，我會用自己的想法把自己困住，但其實生活中有很多人願意對我伸出援手，或是拉我一把。的確是這樣沒錯，很多人都願意幫我的忙。我發現只要我持續開口求助，通常都會有人幫忙我解決問題。

但是這陣子，只要是陳駿幫忙我，我的問題似乎會從一個變成兩個。

而且一開始的問題還沒有解決，另一個問題就接續冒出，讓我更加困擾。

就是因為這樣，所以我很常會在輔導室裡問這樣的問題。

「老師，嗯，嗯，妳覺得陳駿是我的朋友嗎？」

劉君老師會仔細思考我的問題，她認為我的每一句話都很重要，她會很仔細去聽，還會動腦思考，我很喜歡她這樣。

「妳會這樣問，是因為妳覺得不是嗎？」

「唔，唔，唔——」

可是每次接在這個問題之後，我們討論的結果，都是：陳駿應該可以算是朋友。像我之前說的，他會很願意幫我的忙，這是朋友才會有的行為。如果我們有意見不合的時候，也都會理性的溝通，而不是命令別人，加上，即使我們不開心了、吵架了，我們也會互相道歉、和好，這些都是朋友才會有的行為。

只是我一直覺得哪裡怪怪的。

最近，只要我看到陳駿，或是聽到陳駿的聲音，心裡面一股厭惡的感覺，就會油然而生，那種感覺讓我很不舒服。我很熟悉那種感覺，而且最近這種感覺，我是辨識得越來越快了。

我很想要能夠清楚理解這種感覺到底是什麼，但是我沒有那個表達能力，可以把這個感覺給清楚說出來。他對我很好，可我又覺得很排斥，到底是為什麼，我很不明白。

我們在輔導室都能自在地聊這些話題，因為劉君老師跟我保證過，在這個空間跟她聊到的任何事情，她絕對不會拿去跟其他人分享。她說這是她的義務，這個行為叫做保密。

因為講到了陳駿，我把控制器的事情也給說了出來。

「那個是什麼東西？」

我一五一十地將全部事情都說出來給劉君老師聽，說得很興奮。我可以發現自己用比較快的講話方式說出來，因為這件事情很不可思議。包括控制器的作用，還有它是怎麼神奇地出現在我家樓下，還有那次大家都死了的事情，我都說了出來。雖然很費力，因為我一次說了好多片段，劉君老師得要一個一個問我，而我為了要讓她可以聽懂，還得要針對她詢問的地方重新說明一次，才能讓她拼湊出完整的脈絡。

「真有趣，我想我都聽懂了。」她停下書寫的動作，點點頭。她邊聽我說話的時候，都會在她的筆記本裡寫東西，她說這是讓她可以整理思緒的好方法，她也有推薦我使用過。聽到她說她聽懂了，我很高興，因為說明這些事情，對我來說很難。

我原以為她聽了這些之後，會把我交給警察，因為我把這些控制器都放在自己房間裡面，這有可能是違法的事情。

但是，她非但沒有提到要把我交去警察局的事情，反而還問了我很多關於我的想法、情緒上的問題，像是我那時候處在一個人的世界當中，是什麼感覺，還有，看著阿嬤坐在房間裡面動也不動的感覺是什麼。說來奇怪，這些很艱難的問題，一般來說我是很不喜歡的，但是跟劉君老師在這裡討論，卻很有趣。

「妳現在還會想要再去使用這些控制器嗎？」劉君老師問道。

我想了想她的問題。

「唔，嗯，我不知道。」我回答道。

「妳不知道？」她重複了一次我的回答。

「唔，嗯。」我很老實，因為我從沒想過這個問題。

她忽然眼睛一亮，闔上筆記本，挪動她的身體，向我靠近一些。她說：「不如這樣吧？我們來整理一下，要不要按這個控制器，如何？」

「整理，唔，怎麼整理？」

「很簡單的方式，我陪妳，來——」她從桌上拿出一張白紙來，放到我的面前，並在白紙中間，用黑筆畫出一條直線，直線一出來，就將白紙給分成了兩個部分。

她向我解釋了一下，我們可以怎麼去整理自己的想法。原來，她提議，我們可以在白紙左邊的位置，寫上按下控制器按鈕的好處；在右側區塊，則可以寫上，按下控制器按鈕的壞處。

我覺得這個主意很好，因為我也喜歡寫字，我還可以把寫好的字，用我習慣用的螢光筆，把重點給畫起來，我很喜歡這樣做。我一邊思考著，一邊把腦袋中的想法給寫下來。我忽然想到，媽媽寫信給我的時候，會不會也是這種感覺。

每寫一段文字，劉君老師就會在旁邊稱讚我，讓我感覺很開心，她會說：「對，就是這樣，妳做得很棒喔，這樣整理自己的想法很好。」

被她稱讚的時候，我都會忍不住笑一下。

「好了，唔，我寫好了。」

「好的，我們一起來看看。」

我將紙張遞給她，她請我分享我寫下來的內容，從左邊的地方開始。

紙張的兩邊區塊，我各寫了三點，在紙張的左邊區塊，標題是「按下控制器按鈕的好處」，我寫著：

1. 不用被阿嬤管，不會被阿嬤唸。
2. 同學不會嘲笑我，再也沒有人會嘲笑我。

3. 很安靜，很安全。

這些都是我每次回到房間時，會有的感覺。我有時候在房間裡，手上會拿著那些控制器的塑膠盒，在房間裡來回踱步，我發現，只要我閉上眼睛，腦袋中就會浮現出那天大家都死了的畫面，而且回想的時候，沒有那時候的恐懼，而是覺得很平靜、很舒服。

我甚至有幾次，把控制器從塑膠盒裡拿出來，對著房間門假裝按下控制器按鈕，門外站著的，是不斷碎唸我的阿嬤。

劉君老師點了點頭，她接著請我分享右邊的區塊。紙張右邊的標題是「按下控制器按鈕的壞處」，我同樣寫了三點，內容是：

1. 阿嬤沒辦法幫我。
2. 以後都沒有聊天時間。
3. 不能跟媽媽一起生活。

劉君老師請我仔細說明我的想法，我一開始回答「我不知道」，因為我不知道要怎麼說明。不過，她一句一句地循循善誘，讓我比較知道可以怎麼分享。

我沒有想過她問的這些問題，我也沒有做過像這樣整理思緒的動作，所以對我自己來說，也是很新鮮的事情。我的確很少去想按下按鈕的壞處。

如果按下按鈕，阿嬤就又會像上次一樣，身體被挖出很多個洞來，因為我不是醫生或警察，所以我也沒有辦法阻止阿嬤的身體被挖出很多個洞。

這樣一來，真的就麻煩了！我現在都是給阿嬤載來載去，要去學校上學，或是偶爾要回醫院返診，都得叫阿嬤載我一乘。我不想要自己走路去這些地方，因為很麻煩，走太遠的話，腿會很痠，我不喜歡那種感覺。我只願意在放學的時候從學校走回家裡，那個距離對我來說比較舒服。

而且，我如果要自己買食物，也會覺得很不方便。

我有一次跟阿嬤吵架，賭了氣，不在家裡吃飯。我走出家門，打算學阿嬤平常那樣去買晚餐，可是卻發現我沒有錢，而且我也不知道要去哪一家，才能買到阿嬤平常帶回來的便當，那個便當裡面有我很喜歡的鹹蛋苦瓜，不是每家便當都有鹹蛋苦瓜。我的晚餐沒有吃到鹹蛋苦瓜，我會很生氣，真的會很不開心。於是，我把路線改為，走到熟悉的警察局求援。

他們是警察，所以應該要幫我解決這個問題。

我請求他們幫我買晚餐，而且要買有賣鹹蛋苦瓜便當的那家，沒想到他們越聽越生氣，還把我唸了一頓，我不開心，在警察局哭了起來，沒多久阿嬤就出現在警察局，不停彎腰鞠躬，對每一位警察道歉，然後把我帶回家。

這樣真的很不方便。

跟劉君老師的聊天時間如果沒有了的話，也會讓我感到很困擾，我已經習慣來這裡聊天了。

「為什麼按下按鈕，就不能跟媽媽一起生活了？」劉君老師問。

「唔，喔，就是，因為這樣的話——」

這樣媽媽也會死掉，我如果去台北，媽媽也會沒有辦法活著照顧我，那我就頭痛了，因為我很喜歡媽媽。

「聽起來，妳有好幾次忍住沒有按下按鈕，因為妳知道，那樣的話，生活中會出現很多的不方便。」

「唔，對啊！」

「妳很棒欸，能夠這樣忍耐住自己。」

「唔，唔，」我被她稱讚的時候，到現在還是會覺得不好意思，「謝謝老師。」

劉君老師微微一笑。

「這個好處壞處表就給妳囉，妳可以帶走它，幫助思考！」劉君老師說。

我看著紙張的左邊區塊。

「但我，唔，我最近，有在腦袋想過，唔，唔，對著同學，按下去。」我說。

我跟她提到在班上被包圍，還有被栽贓寫髒話的事情。

當我描述這些狀況的時候，她只是安靜聽著。她常常會忽然安靜下來聽我說話，我很喜歡這樣。

我提到，這些讓我很不舒服的情境，總會讓我很氣。最近，當我很生氣的時候，就會想到控制器。我會想要用控制器，對著他們那些做奇怪表情的臉按下去。

劉君老師說，她聽得出來我很生氣，也很想把怒氣發洩出來。她跟我說，但那些欺負我的同班同學們，都還沒有滿十八歲，所以大家都只是孩子。大家都不是成年人，都還有很多地方要學習，所以，不能急著用控制器去懲罰他們。學習的過程，難免會出現一些錯誤，我們必須給他們從錯誤中學習的機會，這樣才會成為更好的人。

「所以，唔，同學們，或是，或是我，唔，還沒有十八歲，唔——」我陷入思考，我沒有這樣想過事情，變成大人和沒有變成大人，原來差這麼多嗎？所以，還未成年，就被控制器懲罰，是一件不對的事情，因為這樣就剝奪了他們學習的機會。

「妳也不希望自己學習的機會被剝奪，對吧？」

「唔，唔，對。」我非常同意。

「那他們學習的機會，也不該被剝奪才對，大家都一樣。」劉君老師說。

我點點頭。

「但是等到他們滿十八歲，他們就要開始負全部的責任了。」劉君老師輕柔說道。

我點點頭。

他們還沒有十八歲，而我也還沒有十八歲。

今天的聊天，讓我思考了好多事情，我覺得好開心。

離開輔導室前，我把好處壞處表折整齊，好好放在了口袋裡。

# 6.

班導師知道我想要考N大學的計畫。

跟我就讀的高中一樣位在花蓮的N大學，有最好的景觀，和各式各樣的頂樓。我曾經不只一次去過N大學，有一次是因為校外教學的關係，其他幾次是阿嬤週末帶我去那裡散步或運動。

N大學的校園範圍非常大，據說它的校園佔地面積位在全台灣數一數二的排名。對，我想這個成語應該是這樣用的，「數一數二」，不是第一就是第二。實際走在校園裡頭，也能感受到遼闊無際的感覺，要從一棟教學大樓，走到另一棟教學大樓，是很吃力的事情。可是神奇的地方是，平常討厭走路的我，在N大學移動時，同樣是用我自己的雙腿，卻一點也不會覺得厭煩，但並不是因為我愛上了走路。如果回到家裡和學校附近的路上，我發現我還是一樣討厭走路。

走在N大學裡面，我一點也不排斥。

我最喜歡N大學的建築物了，每一棟都很喜歡。

我喜歡走到每一棟建築物裡面，N大學的建築物，從來不會只有一個出入口，因為建築物很大的關係，走在裡頭，會像走在迷宮一樣，然而卻不會像真的在迷宮那樣，只能有一個出口。隨時，只要我想要走出建築物，就能從各個角落鑽出去。不會像在班上，被同學給團團包圍住，走也走不出去。

我並不是一開始就想要考N大學的，而是我到頂樓的那一次才決定。

其實出門運動這件事，是劉君老師的建議，她跟阿嬤說，可以固定一些時間帶我做運動，這樣會讓我更能遵守規矩，也更能保持好心情，我想她說的是對的。自從開始運動之後，阿嬤跟我的確沒有那麼常發生爭吵。我會發現是因為，每當我從N大學離開之後，阿嬤的心情會比較好，我自己也能保持好心情一段時間。

那天，阿嬤一樣帶我來N大學運動。

我們是騎車進來學校的，我們從學生活動中心往各教學大樓快走，雖然太陽沒有很大，我們依舊走得汗流浹背，是舒服的那種，我並不討厭。

我們走到工學院時，阿嬤說她走得累了，提議要在建築物裡頭裝水休息。

N大學的教學大樓很方便，建築物四處都有飲水機，各個角落也都有廁所，坐位更是到處都是，而且，像我之前說的，出口也多，我隨時都能逃離這裡，這是讓我覺得很舒服，很有安全感的設計。

「哎唷，阿年，阿嬤要在這裡休息一下，妳呢？會累嗎？」

「我不會累，我自己去走一走。」

「那，阿年，」阿嬤靠著牆坐下，「妳在這棟樓裡走走就好，等等再來找阿嬤。」

「唔，喔。」我應聲道。

在N大學時候的我，會比較願意採納阿嬤的提議。對我來說，阿嬤要我做什麼，並不是一種命令，因為我覺得我長大了，所以我都當作一種提議，我會想想看自己喜不喜歡，如果不會很麻煩，才會考慮配合她。但我得說，她大部分要我配合的事情，我都不是很喜歡。

我對工學院還沒有很熟悉，所以暫時待在這棟樓裡的提議，我是可以接受的。

我在一樓走啊走，到處看看，不時有人會從我身旁經過。雖然是週末，還是有很多學生在這裡走動，不過，跟我的學校不一樣，他們對我不太有興趣，大家都是匆匆走著，看也不看我一眼，我喜歡這樣。

我發現，有的走廊擺放著各式各樣的，我看不懂的器具，有的辦公室外面種了很多小小植栽，大家的佈置都不太一樣。雖然工學院很大一棟，但這裡我們其實也來過幾次，很快我就知道，如果有需要，我可以從哪些出入口逃走。這些出入口都很方便，也很隱密。

遠遠的，我看見阿嬤還在原地休憩，我看向旁邊的樓梯，靈機一動。

上面不曉得有些什麼？我心想。

工學院的建築物很像一個圍成一圈的大城牆，城牆中間是像庭院一般的空地，從一端走廊往另一端看去，可以看到對面的教室，抬頭看也會看到一部分的建築物內部。

「一、二、三——」我數著樓層，卻發現，我不確定最上面的樓層，要計算成四樓，還是五樓。從一樓往上看去，那個地方形成一個神祕的空間，讓我沒辦法一次就辨識出來，這引發了我的好奇心。

我走向樓梯去，打算探險一下，把四樓到五樓之間的那個神祕空間給搞清楚。

因為每一層樓的面積都一樣，所以我不打算把每一層樓都走一遍，那樣太累了。既然要找那個神祕的空間，我現在需要找到每一層樓的樓梯，這樣才能再往上。其實每一樓都長得不太一樣，如果有時間的話，我也想好好看一看。但目前，我想找到通往神祕空間的路。

我一路攀爬到了四樓，然而，這一連串的階梯，就只能讓我抵達四樓。我沿著走廊走，四樓這兒幾乎一個人影也沒有，大部分的人都待在一、二樓活動。我從走廊往對面看去，還沒有位在建築物最高處，這表示應該還能夠再往上。只是我需要找到地方上去，不知道我有沒有辦法找到路。

市區的建築物，或是我的房間，都是全部封閉起來的。然而工學院四樓的走廊，卻都是通風的，我並不是說這裡的窗戶都開著，而是，這裡連個窗戶都沒有，要是貼著走廊外圍，爬上去，不小心就會整個人摔下去死掉，所以我不敢走在走廊外圍，只敢走在走廊正中央。這樣聽起來很可怕，但奇妙的是，我覺得這裡讓我感到很安心。

從走廊看向外面，忽然讓我認不得這裡是哪裡。我記得這裡是N大學，但是從高處往整個校園俯瞰過去，跟走在一樓地面時完全不一樣。加上四樓不時吹來溫暖的風，我情不自禁笑了出來。比起班上同學的爆笑聲，我更喜歡自己這個笑聲，我很少會發出這樣的笑聲，但是只要這個笑聲出現，就表示有讓我很開心的事情發生了。

就在我快要繞了半圈的時候，發現某條走廊的一旁，出現了一條窄小的路，那路看過去，是一級級向上的階梯。

我滿心歡喜，看來通往更高處的地方被我找到了。

順著階梯，我走了過去。階梯裡的空間很陰暗，而且我聞得出來，這裡有很多灰塵，應該表示這裡很少人會經過。

階梯的盡頭，出現一道鐵門。

我本以為我的小探險就要跟著到盡頭了，結果，我試著推了一下那道鐵門，沒想到門不僅沒有鎖住，甚至連完整闔上都沒有，它被我一推，就這麼往外滑去。

外頭的光和風，同時撲向我全身，那感覺舒服得難以言喻。

我將腳跨過突起的水泥地，來到外面。對，這裡算是戶外了吧，這鐵門的外面，就是工學院的頂樓。映入我眼簾的畫面，是一大片的天空，還有遠方跟白雲接連著的綠油油山脈。

到處都是我看不懂的四方體，他們都被鐵柵欄給圍住，應該是為了要保護這些四方體的關係。這些四方體應該是跟建築物內的某些電力供應或是什麼設備有關，但我不懂，因為我只是一個高中生，雖然我三年級了，但是這些東西的知識只有大學的教授才會教給在這裡就讀的大學生。

只要我想，我也可以在這裡學習這些知識嗎？我心裡不禁幻想著。

我喜歡讀書，我只是真的很不擅長跟人相處。我不想一直被當作笨蛋，只要我考上大學，當上大學生，走在教學大樓的走廊裡，看起來就不會像個笨蛋了。因為只有夠聰明的人，才能在大學裡就讀，並且從一棟教學大樓，走到另一棟教學大樓，去做聰明的事情，念聰明的書。而且，這樣一來，我還可以在空閒的時候去找媽媽，因為念大學我就不用住在阿嬤家了。

我走著走，發現，原來我的位置，竟然不是工學院的最高處，我想我現在的高度，是位在五樓的位置，但是我看向前方，建築物的末端處，坐落著一間很大的空間，長得就像涼亭，但那大小是涼亭的兩三倍大，而且，那空間是可以往上爬的。啊！我想起這個空間的名字了，應該叫做瞭望塔。

發現瞭望塔後，我開始朝向它前進，然而並不容易。工學院頂樓的路，鋪滿了一條條錯綜複雜的管線，還好我習慣低著頭走路，要不然，一個不小心，我就會被這些管線給絆倒，跌個狗吃屎——雖然我不懂為什麼很多文章都要這樣書寫，人類跌倒跟狗並沒有關係才對，而且狗吃屎的時候，應該只是低下頭去進食，而非用跌倒的方式進食。

遇到管線，我就抬起腳跨過，遇到四方體，就繞開來。沒有多久，我成功抵達瞭望塔入口。

這時，一股我沒有聞過的腥味飄了上來，竄進我的鼻腔裡。

那味道怪怪的，我很不習慣，想找到這個味道的源頭，我往四處看去，竟發現地上有動物的屍體。

那很明顯是動物的屍體，因為那東西有骨頭，有羽毛。

而且還不止一隻。

越往瞭望塔內部走去，地上的屍體數量就越多，每一隻殘留的骨骸和羽毛都不太一樣，他們躺著的體液，也有不同的顏色和暈染形狀，像極了一幅幅的藝術作品。頂樓的寧靜，還有舒服的風吹著，一瞬間我閃過了我在參觀美術館的畫面，但我並不是位在美術館，這裡是工學院的頂樓。

隨著這些屍體顯現出不同的模樣，我猜想，這些應該都是鴿子的屍體。

這裡的路，比剛才的更加難走，因為我不想讓我的鞋子踩到這些屍體和液體，所以我得睜大眼睛，才能夠確保我是踩在乾淨的地面上。

階梯上陸陸續續冒出鴿子的屍體，隨著我越往深處前進，那股腥味便更加濃烈。我強忍著這股味道，因為我太想抵達工學院的最高處了，我也不曉得為什麼這麼執著。很多時候，如果是我很想做的事情，我都會想把把它給一次完成，如果中途被別人中斷，我會覺得很麻煩，也會很不開心。

走到階梯的半路，我忽然發現，周遭出現很多聲音，不是人的聲音，也不是風吹過建築物劃出的聲音。

那是鴿子們的聲音。

「咕——咕——」

牠們在石牆上，還有扶手上，看見我出現，也只是拍拍翅膀，繼續發出重複的聲音。

「咕——咕——」

我躡手躡腳向上爬去，好不容易才把所有階梯給爬完。

我看著地面，還沒有抬頭，因為我要確認可以踩踏的地面位置有哪些。地上除了有死掉的鴿子屍體之外，還有零星幾隻活著的鴿子，正在咕咕咕地轉動牠們的脖子。

確認好可以踩的地方之後，我才把頭給抬起來。

那是一個空無一物的空間，往上看去就是瞭望塔的屋頂，但我這才發現，瞭望塔的牆邊，可以看風景的平台，全部站了一排鴿子，滿滿的，活著的鴿子。

牠們全都盯著我看，我看著牠們的眼睛。我並沒有像平常一樣，因為四目交接的不舒服感而低下頭來，我直愣愣地盯著牠們看。我有一點驚訝，因為我平常不太有辦法可以這樣。

牠們全都沒有要飛走的打算，即使看到我這個外來人，也沒有受到威脅的動作出現，彷佛我本來就生活在這裡一樣。

「咕——咕——咕——咕——」

我覺得這聲音好聽極了。

我就趴在瞭望台的牆上，看著高空版的N大學，吹著風。除了我的房間以外，居然還有地方可以讓我覺得這麼舒服。

我不記得過了多久，但當我回到工學院一樓後，被阿嬤臭罵了一頓。

「妳到底跑去哪裡！妳知不知道我花了多久時間在找妳！我剛剛還打給警察局，哎唷，阿年啊！阿嬤真的老了，不要這樣折磨阿嬤——」

就是從那天開始，我決定要考上N大學。

# 7.

班導師把我叫到辦公室去。

其實我跟班導師的關係沒有很好，我不確定是為什麼，但是他有好幾次對我很生氣。這種狀況通常都是發生在班上的時候。

有一次，我們在寫定期評量考卷，我記得很清楚，那天我們寫的是英文考卷，班導師是我們的監考老師。

考卷裡面有一大題是翻譯題，其中的一句話，我大致上可以翻譯過來，但是我想不起來羽毛球中間的英文字母順序是什麼。由於時間還沒到，我就先把這個字先給空著，想說晚一點再來填寫。

快要鐘響的時候，我還是沒有很確定，到底字母的順序是什麼。我列了四個排列組合在空白處，可是我沒辦法決定到底哪一個才是正確答案，因為四個看起來都很像正確答案。

是這個嗎？

可是另一個，也很像。

我拿著筆，來回把我覺得是答案的圈起來。我仔細檢查一番，發現，四個選擇都被我圈起來了，但是怎麼可能四個都是答案。

我正在來回畫圈的時候，一直聽到一個逐漸變大聲的聲音，但我沒有理會。

「——我說停！」

還是是這個，我覺得這個選擇放進去，句子看起來比較通順。

「我說停筆了！停筆！」

好，我決定是這個了，就填這個吧！我準備把決定好的組合，寫到我預留下來的空位裡頭，忽然——

「停！筆！停筆不能寫了！停筆、停筆！」王釗老師忽然出現在我面前，並用好大的聲音對著我的方向喝斥著。

我嚇得身子縮了起來，筆也丟到了地上去。

「我說停筆了妳聽不懂是嗎？鐘聲已經敲了。鐘聲敲完，就要停筆！考試的規矩有沒有在聽！」

王釗老師的聲音從來沒有這麼大過，我明明就在他面前，他為什麼要用這麼大聲的聲音跟我說話？通常我們會比較大聲說話，是因為擔心對方會聽不到，可是我就在他面前啊。

另一種可能是，他很生氣，啊，可能是這個原因吧？

我把耳朵摀了起來，因為他的聲音太大，讓我有點不舒服。

我完全不敢看他，直到他用力抽走我桌上的考卷離開之後，我才把手放下來。

「——下次再這樣，我就只能算妳零分，妳有沒有聽到！」

這一次過後，我都會逼自己看手錶的時間。不然的話，如果我又忘記時間已經到了還繼續動筆，可能還會讓他生氣到對我大聲說話。我不喜歡別人對我那樣大聲說話。

過一段時間，我跟王釗老師之間又會恢復到相安無事的相處狀態，這種時候，通常就是，他做他的事情，我做我的事情。畢竟他是老師，他有很多事情要做，而我是學生，我也有自己要做的事情。

接著這段平靜的時間結束之後，我們又會發生一次衝突。就像一個循環一樣。

有一次，我又在班上讓他大怒。

由於當天我是值日生，值日生的工作就是擦黑板。我不像有的同學會忘記擦黑板，我一次都沒有忘記擦過。每一節下課，只要黑板上有粉筆畫記的痕跡，值日生就要上去把黑板給擦乾淨，這樣的話，接下來的老師才方便上課。

下課期間，我興高采烈地把黑板擦得一乾二淨，擦黑板的時候可以讓我心情很好，我很喜歡擦黑板，而且我心情很好的時候，我就不會聽到旁邊同學的奇怪笑聲或奇怪談話。

上課的時候，王釗老師回到教室。

這堂也是他的課，今天他在我們班，有連續兩堂課。

他才一走進來，就破口大罵。

「是誰擦掉的？是誰把黑板東西都擦掉的！」他大聲問著。

我還沒反應過來，還以為他只是想要提振大家精神，或是擔心有人沒有聽清楚，所以才會這麼大聲。我舉直我的手到空中，大聲回應他：「是我！我是，唔，值日生，值日生下課要擦黑板！」

我眼角瞄到他的表情，他皺著好大的眉頭，這個表情我認得，但是很不妙，這個表情應該是很生氣的情緒。

「我剛剛！才說過！下課！先！不要！擦！黑！板！」他將手上的教師用書，重重摔在講台上，發出好大的碰撞聲，「我剛剛有沒有說過！」

一些同學輕聲地說：「有——」

我見情況不妙，稍微降低我的音量，也回應：「有。」

「我說，等等還要用到，先不要擦，我還特地講了好幾遍，我講了好幾遍！有沒有！」

「唔，唔，我有聽到，」我說，「但是，值日生，唔，值日生要，唔，擦黑板，值日生下課要擦黑板。」

「我的老天，我的老天。」他揉了揉他自己的頭。「我已經說了先不要擦掉！我後來又有這樣說了！」

「但是，唔，唔，值日生不擦黑板要多當一天，唔，會被處罰——」

「妳現在就給我去罰抄課文！」王釗老師大叫。

然後我就沒有再說話了，因為我不喜歡別人大叫的樣子，我會很害怕。

所以，當我聽到班導師請我到辦公室一趟的時候，我很緊張。我擔心是不是又有什麼事情沒有做對，要被他訓斥一頓了。

但我也猜想，會不會班導師是要討論我的N大學計畫？

我本來不想讓班導師知道我的N大學計畫，可是如果他不知道我的計畫，對我之後的規劃會很不利。而且，老師規定，每個人都要填寫自己之後的目標和方向，那是作業之一，所以他最後還是得知道我的計畫。

不論是學校的什麼大小事，只要跟我有關，王釗老師都得要清楚知道，因為他是我的班導師。把我照顧好是他的責任。這些是他在辦公室把我叫過去的時候，第一件會對我說的話，對於這一點，我是挺喜歡的，我喜歡可以預測的事情。所以通常他把我找去說話的時候，剛開始我都會先發呆一小段時間，因為我知道他的開場白是什麼。

我通常不會主動去找王釗老師，都是他把我叫去辦公室。王釗老師會跟我說很多事情，像是，在學校跟同學相處，要保持禮貌，要互相幫助。或是，平常對阿嬤要好一點，因為阿嬤一個人照顧我很辛苦，所以不可以欺負阿嬤。對，阿嬤這件事情是他最常在辦公室跟我說的話。偶爾，他也會關心我過得開不開心，但是這種的比較少，少很多。

我走進辦公室，辦公室有自己獨特的味道，跟教室不太一樣。這裡有茶泡香氣，還有列印機處理文件紙張的氣味，可能還有其他東西的氣味，但我不太確定是什麼。不過，不管是什麼，這裡的味道，都比教室來得好聞許多。

我站到王釗老師旁，他正在敲打電腦鍵盤，看起來正忙著，他對著我舉起一隻手，但他還是看著電腦，沒有看著我。這個手勢我看過很多遍，所以我猜想，他應該是要我等待的意思。我就站在旁邊看著他敲打鍵盤的樣子。

「好了！好了好了好了，」他完成敲打鍵盤的任務，接著將身體轉向我這一側，看著我，嘆了一口氣，「阿年啊，妳知道嗎，因為我是妳的班導師——」

從這裡開始我就沒有在聽，我讓頭低低的，我看向地面，在心裡想著，如果今天放學時間又遇到陳駿的話我要怎麼辦，阿嬤那個時間也沒辦法來載我，還是我要今天要試著繞遠一點的路回家，可是那樣好麻煩，我也不喜歡。

「——所以，阿年，妳知道老師今天把妳叫來辦公室，是要跟妳說什麼嗎？」

我回過神來，對著他身體周遭看去，這是我發明的一種方法，如果跟人對話的時候，不能看著別人的眼睛，那就看著他們的身體四周，這會讓別人對我發脾氣的機率降低很多。

「我不知道。」我回答。

「徽章，我想跟妳討論徽章的事情，妳還記得這東西嗎？」

「唔，嗯，我記得啊。」我回答。

「去年的時候，妳跟我說，妳非得要考上N大學不可，我們也為了這件事情，跟N大學那邊的教授做了幾次討論，由於妳是特殊生，我們特別設計了徽章這東西。」

這我都記得，我不曉得為什麼他要重講一遍，但我還是耐心聽著他說完。

「我們總共試了幾個學期，妳記得嗎？」

「唔，唔，兩個，兩個學期。」我回答。

「對，兩個學期，整整兩個學期！」他用手比出二的數字，他的動作好大，感覺好誇張，「我們浪費了兩個學期的時間，妳知道兩個學期有多珍貴嗎？」

王釗老師刻意張大眼睛盯著我看，我從眼角餘光就可以看到，被這樣盯著看讓我很不自在，到現在我都還是沒有辦法習慣這件事情。

「去年妳還不熟悉，那也沒辦法，剛開始嘗試本來就可能會遇到困難，可是上個學期，」他搖了搖頭，又嘆了一口氣，「那真的是很糟糕，妳自己也知道，唉。總之，妳現在幾年級了？」

「唔，我現在是三年級。」我回答。

「三年級，現在剛開學，所以我們還有一個學期，應該說，我們幾乎只剩一個學期的時間，所以到寒假前，我們要好好把握最後這個機會，不然寒假過後，我覺得妳根本沒有時間搞這些。」

我感覺到很不安，身體很不舒服，但我忍住，沒有逃走，也沒有蹲下來，而是深深皺著眉頭，待在原地。

「老師是說真的，光憑年初的考試是不夠的，從妳的平時成績來看，妳的科目裡面沒有哪一個真的特別強，我們暫時也沒有找到妳的特殊長才，這樣的話，徽章就特別關鍵了。如果可以有徽章放在妳的甄試資料裡，妳就有特殊加分，這樣要考上的機率就會大幅提高，懂嗎？老師說到現在，妳聽得懂嗎？」

「唔，唔，嗯。」我點了點頭。

「妳要說，我聽懂了。重說一次。」王釗老師說。

「唔，我聽懂了。」我照著重複一次。

「我那時候看到妳寫N大學，就知道這對妳來說可能會有很多挑戰，對我們老師也一樣，但既然現在有方法，知道方向後，我們就把能做的事情做好，妳記得吧？是妳自己寫說目標是考上N大學，對吧？」

「對，N大學，我要考上N大學。」我講了兩次，確定老師也有聽清楚。

「唉，我去年跟妳阿嬤提到這件事情的時候，妳知道她有多驚訝嗎？她一直打電話來確認是不是我搞錯了，因為妳都沒有跟她討論，結果她現在比我還要認真。妳知不知道妳有這個阿嬤，實在是全世界最幸福的事情。妳阿嬤年紀一大把了，為了照顧妳，白天還在市區工作。老師我啊，真的是——」

我的思緒到這邊就無法集中了。我其實不是故意的，但我實在是聽過太多人在我面前跟我講阿嬤的事情了，而且神奇的是，他們講的內容幾乎都差不多。這個用成語來形容，就叫做「大同小異」，我想我應該沒有用錯。

徽章是王釗老師和N大學的教授一起設計的東西，只要我在學校有好的表現，像是幫助老師或同學，就可以得到它。徽章只有我們特殊生可以獲得，所以是很特別的東西，我們學校也真的有其他特殊生得到過。只是他們未來的目標跟我不一樣，他們沒有人的目標是考大學，因此他們也不需要獲得徽章。但是王釗老師說，只要有同學符合資格，就可以獲得，他希望這樣可以讓我更有動力。

我也的確在努力獲得徽章，只是目前為止，我一個徽章都還沒有成功拿到。

按照王釗老師跟我討論的狀況來看，如果沒有徽章，我可能真的沒有辦法考上N大學。

就像王釗老師說的，我的成績並不亮眼，也沒有特殊才藝可以加分，如果只憑考試成績就要跟別人一拚高下，那我很可能會是落敗的那個。

今年，也就是上一個學期的時候，我被分派的其中一個重要任務是送公文。然而，老師們認為，我在送公文的時候，會造成大家的困擾，最後把這個任務給取消了。我雖然為此抗爭很久，因為我真的很想要拿到那個徽章。

但我那時候還沒有現在急迫，現在雖然學期剛開始，但也只剩下最後這一個學期了。我一定要在這個學期有好的表現，不然我的N大學計畫，就會沒辦法實現。我不想直接去工作，也不想繼續待在家裡，我非得拿到那個徽章不可。

「為了這個學期可以順利讓妳拿到徽章，老師這次會請陳駿來一起協助。」

「唔，什麼？」

我從自己的思考中回神，因為他提到陳駿的名字，嚇了我一跳。

「老師說，這次要讓妳順利拿到徽章，我們要跟班上同學合作，我請陳駿來做為主要協助妳的人，大家多少幫忙妳，妳也比較不會緊張吧！」

「唔，對，唔，我不知道。」

「好啦！沒問題的，我們就重新挑戰一次，要為了自己的理想努力看看。之前的錯誤妳要記取教訓，好好把接下來的任務完成，這樣一路走來，高中也剩最後一年啦！就試試看吧！」

我點點頭。

王釗老師又嘆了一口氣，對我說：「那就先這樣，回教室去吧！」

「唔，謝謝老師。」

我心裡想著，我還是不知道，因為我還沒決定好，陳駿到底是不是我的朋友這件事情，這學期也要把這件事情搞清楚才行。看來我這學期會很忙，我緊張到心臟跳得好快，很想大口呼吸，或是立刻蹲下來，但我不想被辦公室的任何老師看到，不然他們會認為我是個大麻煩，所以我還是佯裝鎮定，用普通的步伐走出了辦公室。

# 8.

陳駿是一個很受歡迎的人。

這一點我看得出來，受歡迎和不受歡迎的人，差別就在於有多少人跟他們互動，而我沒有特別觀察也能發現到，陳駿的周圍總是有很多的人要跟他互動。大部分時候，都不是他去找別人聊天。劉君老師說，去找別人聊天的這個動作，叫做「開啟話題」。在輔導室，劉君老師也會帶著我練習開啟話題的技巧，我覺得好困難，不只是我不曉得要說些什麼話題才好，甚至是開始一個話題之前，居然還要先設計引起別人注意的話語，而且不同的聊天對象，適用的引起注意的話語又都不一樣。有的人適合對他們說「哈囉！」；有的人則是比較適合「對了！」；又有的人適合不要發出聲音，而是做出手勢，在空中揮舞一下。我有試著去判斷看看，什麼人適合什麼樣的方式作為互動的開啟，但是這個技能真的太困難，我常常還沒判斷好，對方就走掉了。

而我發現，陳駿在跟別人互動之前，通常都沒有開啟話題，但是他卻還是很受歡迎。班上的同學，甚至是學校老師，都會對他開啟話題，他完全不用做這件事情，也能有很豐富的互動，甚至連開啟話題之前，引起注意的那個動作，我也都沒看見他做出來。

我其實沒有很羨慕，雖然劉君老師常常說，豐富的人際關係是一件好事，可是我並不這樣覺得。因為，很多的人際互動，表示我要考慮很多東西。我要考慮我的視線要看向哪裡，才不會惹人生氣；我要考慮到，跟別人聊天的時候，別人的表情有沒有什麼變化。我要時時辨識他們的情緒，以免惹他們生氣——我還沒有注意到，這通常會讓他們更加生氣——我還要同時想著聊天的話題，如果一個話題斷掉了，我得要趕緊在幾秒鐘內生出新的話題，才不會讓人感覺無聊，或是尷尬。

劉君老師有請我觀察過陳駿，這是她出給我的功課之一，她請我挑選班上朋友最多的人來當作被觀察對象，也是因為這樣，我才會去注意他的一舉一動。不然，平常的話，我還是偏向低著頭做自己的事情，像是把一搓搓筆芯裝進自動鉛筆裡，或是把課本上還沒閱讀到的地方用螢光筆畫記上重點。

陳駿的朋友不只是班上這些同學，就連老師也都是他的朋友，我有好幾次看見他跟老師們在走廊上聊天，一起喝飲料，而且當我走近時，我可以聽到，他們聊天的內容，是跟學校課業或是田徑隊沒有關係的話題。這讓我感到很驚訝，我沒有想過，能夠跟學校老師變成朋友關係。我一直認為，老師與學生之間，只會存在學校課業方面的師生關係。

但是陳駿在這方面很厲害，畢竟他連開啟話題的動作都不用做，就可以自動吸引這麼多人來跟他互動，他的交朋友策略是超越一般規則範圍的。我當然沒有辦法理解。我連一般的規則都沒有辦法好好理解了，何況是進階版的。

我猜想他受歡迎的原因是田徑的關係，因為他很會跑步，很擅長跑步，常常代替學校出去比賽，而且都能得到很好的成績。我已經記不起來他到底站在學校講台上幾次了，每次的頒獎典禮都會跟他的田徑比賽有關。這一點我倒是很羨慕，我希望自己很會跑步，這樣的話我就可以常常跑走，不用待在原地。因為待在原地，都會被很多人嘲笑，跑走不僅不會被嘲笑，還會獲得很多掌聲。如果可以的話，我也想要跑走，我有很多時候都會想要跑走，尤其是被阿嬤唸一頓的時候。

陳駿從國小開始就是田徑選手，講到這件事情，老師們都會笑著說，陳駿他已經跑八年了。但我覺得一點也不好笑，他怎麼可能跑到八年呢？就連世界上跑最久的馬拉松比賽，都沒有舉辦這麼久。他實際上總共跑步的時間，一定不到八年，他很多時間還是得要拿來睡覺、吃飯，還有跟同學們玩在一起。

這個學期，對陳駿來說也是相當重要的一個學期，這是王釗老師說的。陳駿跟我一樣是三年級生，他今年要準備考體育系，雖然他的選擇比我多很多，但是今年寒假前的田徑比賽，如果順利的話，他就可以向全台灣最好的體育大學推甄，而且甄選上的機率很高。因為寒假前的這場比賽，不僅僅是全國性的，還有很多大學都會依照這場比賽的成績來考量考生入學申請通過與否。

我感覺整個學校都為了他的這場比賽在緊張和擔憂。對，整個學校。當然，這是我大膽推測的，不過我很有把握。因為，只要我經過的任何一位同學或是老師，當他們有提到陳駿的這場比賽，每個人都會表達出他們替陳駿加油的心情，彷彿陳駿的比賽也是他們自己的比賽一樣在擔心。入學到這所高中以來，我從來沒有看過這種事情，通常大家都會對一件事情有不同的看法，而不是像這樣，不同年級的學生、不同教學科目的老師，全都有一樣的心情，那就是替陳駿緊張，替陳駿加油打氣。

不只是這樣，班上同學有幾次趁老師不在教室的時候，又把我給包圍起來。蘇萱拎起我的鉛筆盒，她沒有問我能不能借用就拿去，這是不對的行為。我本想這樣跟她說，但是一次有太多人盯著我看了，我很害怕這種感覺。我只覺得自己不得動彈，由於我就坐在座位上，所以也躲不掉，連蹲下來都沒有辦法。

「妳聽好了盧同學。」她把我鉛筆盒拉鍊拉開，拿出一隻隻筆，朝我的頭和臉扔過來。

「啊！啊！唔，不要！」我叫起來，但是只要我開始大叫，其他人就大笑起來，我的聲音就這麼被蓋過去了。

「妳給我聽好，這學期，王老師會請我們家陳駿當妳的什麼小幫手，」她一邊說話，一邊把我鉛筆盒的文具往我頭上丟過來。我用手擋住我的頭和臉，可是她沒有因為這樣而停下來，「妳要是敢耽誤到他練習，就算只是被教練提醒一下，我都不會讓妳好過，妳最好給我乖一點，聽到了沒有！」

我手擋著，蘇萱也把我的文具都扔完了。我趕緊用力點點頭，希望她趕快走開。

「我問妳聽到了沒有！回答我！」

「唔，唔，唔，」我的手，不對，我全身都在發抖，「有，有，聽到了。」

「好了，來，乖孩子，」她把已經空了的鉛筆盒遞到我面前，「怎麼把筆都弄到外面了，真是不小心。」

我接過我的鉛筆盒，不敢說任何話。

她對我笑了一下，就離開了。

她是特別來威脅我，為了要讓陳駿這學期可以順利嗎？我以為大家都在忙自己的事情，因為我也只會忙自己的事情。光是忙自己的事情不就筋疲力盡了嗎？這也是我無法理解的事情。不過，只要當事情跟陳駿有關，我通常都不太能夠理解。大部分人的行為就已經夠難理解了，他的事情又常常會讓我更加心煩。我不懂為什麼王釗老師要安排這學期讓他來協助我，我根本就不想要，但我不知道該怎麼跟老師說。想到陳駿這個人，我真的很難描述我的心情。

最近我只要一看到他，身體就會自動冒出一些感覺，那些感覺是互相衝突，是奇怪的，我越來越想要逃走，像他練習跑步那樣跑走。好像有個成語形容這個動作，但我忽然想不起來，這又讓我更加心煩了。

但是我不能想太久，劉君老師說，我如果一件事情重複思考超過三遍，很有可能表示我想太久了。我如果想一件事情想太久的話，對我的心情是不健康的，她這樣說道。

「嘿！盧！盧！」陳駿的手揮在空中，應該是說，近距離地揮舞在我面前。「盧！聽得到嗎？盧！」

我眨了眨眼睛，嘴巴張著，但我不知道要說什麼，因為一股奇怪的感覺又冒上來，讓我一時之間停頓了，就好像有東西擠在我喉嚨那邊。可是這樣也很奇怪，我明明沒有在吃東西或吞東西啊，怎麼會有喉嚨那裡堵塞住的感覺。

我盯著他的制服看，很用力地躍過這種身體停頓的感覺，勉強點了點頭。

「呼，嚇壞我了，我還以為妳要壞掉了！」陳駿笑著說。

我聽不懂他在說什麼，只能愣在那裡不動。

「這個學期，我會負責當妳的小幫手喔！妳有聽說嗎？」

「唔，嗯，我知道。」

「因為我有的時候要練田徑，所以，我會在其他時間來協助妳，過幾天老師們的任務就會列出來，到時候我們再一起看要怎麼做，好嗎？」

我點了點頭。

「太好了！我覺得我們一定會玩得很開心！」陳駿拍了一下我的肩膀，「妳期待嗎？」

「唔，我不知道。」

「怎麼可以這麼無精打采的，妳要知道，這學期對我們來說都很重要欸！」

我不用抬起頭來都能感覺到，他的臉上掛滿笑容，他很多時候都是這麼有活力的樣子，描述這個狀態的成語，就叫做「精力充沛」。

「所以可不能夠搞砸了，對吧！」

「唔，對。」

「我希望妳不要搞砸了，」他的語氣變得很奇怪，好像變得有點生氣的樣子，或是很嚴肅的樣子，接著他又自己笑了起來，「我自己也是！哈哈哈！一起加油吧，盧！」

我點點頭。

對於接下來的這個學期，我想我的感覺並不是滿心期待，而是憂心忡忡。

## 9.

今天是月中的禮拜六。

15號，每個月的15號都是我最期待的日子。

我走出房間門，阿嬤正在客廳看著報紙。

「阿嬤，信。」

阿嬤把報紙稍微放下來，露出她的臉。她看了我一眼，接著又把報紙舉回原本的高度。

「阿嬤，信。」我伸出手，好讓阿嬤知道我的意思。

阿嬤這次卻連放下報紙的動作都沒有，她的反應讓我皺起了眉頭。

「阿嬤，信！」我原地踏步起來，聲音也跟著提高不少。

她把報紙放到沙發上，苦著一張臉對著我說，「信？什麼信？我聽不懂！妳要說清楚一點我才懂！」

我看她這個怪裡怪氣的樣子，忽然懂了，這是劉君老師教她做的功課，劉君老師不只會出功課給我，還會出功課給阿嬤，所以阿嬤有時候也要做一些她自己的練習。

我來回走動好幾步，在空中揮動我的手，我在腦袋裡面把需要用到的文字選出來，拼湊成完整的句子。

我站回原地，伸出手來，重新表達一次：「阿嬤，可以把信給我嗎？」

阿嬤伸出一隻手，比出大拇指，這個是稱讚別人表現很棒的手勢。

「讚！這樣阿嬤就聽懂了，阿嬤找一下，昨天妳上學的時候就有寄來——」阿嬤費力地從沙發上爬起身子。

「昨天、昨天就寄來了！」我大叫出來。

「對啊，阿嬤有收起來，因為——」

「那妳昨天就要給我了啊！妳昨天、昨天寄來，妳昨天就可以給我了啊！」我生氣大喊。

「妳不要這麼生氣，阿嬤是因為昨天妳還在學校上學，先把信收好，而且妳回來吃飯後，就又去忙著寫功課，沒有時間不是嗎？」阿嬤一邊去櫃子上拿信件，一邊說。

「昨天寄來、昨天寄來，我昨天，唔，就要收到——我當天就要看到！」我覺得很生氣，我不喜歡隔天才收到信的感覺，對，我昨天明明就可以收到信了。

「但是阿年妳昨天不是還在忙嗎？先把該做的事情做完，不是也比較好嗎？這樣很好啊，這樣——」

我來回踱步，我不想聽她解釋事情。

「妳如果，唔，妳如果收到信了，那就直接給我！」我逕自說起來。「妳這樣很壞，我不喜歡妳這樣，這樣我很不喜歡！」

阿嬤全身僵硬住，站在原地不動。

「好，都是阿嬤的錯，對，」阿嬤的眼球溼溼的，眼眶周圍泛著淚水，她說話的聲音也跟著提高，「阿嬤這樣替妳著想，但還是活該被妳罵，阿嬤我的生活現在就是這樣！」

我用手把耳朵摀住，在阿嬤面前，我可以很快用手摀住耳朵也沒關係，因為這裡沒有學校老師，也沒有警察，而且我可以用比較大聲的聲音跟她講話，只要我不開心的話。

她又說了什麼，但我沒有聽清楚。

她把信件用力推到我胸口，我還沒用手去接，信件就掉到地上去。

她拿了自己的外套和包包，往門口走去，穿好鞋子，回頭對我說：「妳晚餐自己想辦法！阿嬤要暫時離開這裡，去透透氣！哎唷，一把年紀了我，哎唷——」

說完，阿嬤推開家門，快步走了出去。

我大口喘氣，我不喜歡自己準備晚餐，我有試過幾次，覺得那樣很麻煩。而且我不喜歡阿嬤對我說話是用這樣的口氣，讓我聽了很不舒服，好像胸口裡面有東西在擠壓我的心臟似的。雖然，這是不可能的，我的體內只有人類該有的內臟，不會有像是夾子之類的其他東西。

我把信件給撿了起來。我決定不要去管阿嬤什麼時候回來，反正等到晚餐時間，我就自己出門去。我可以去圖書館、可以去便利商店，如果遇到問題還可以去警察局，我有幾個常去的地方，這樣就不用擔心了。

信封袋上寫著：「親愛的盧年　收」。

我把信封袋拆開來，裡面是一張紙。

紙張攤開來，是熟悉的字跡。

親愛的，我的寶貝阿年：

最近都好嗎？開學了吧！媽媽很替妳感到驕傲喔！已經是高中三年級了呢，轉眼間，我的寶貝居然就要成年，就要出去社會上工作了，真的是歲月如梭啊！

暑假結束之後，就要開啟認真過生活的模式，妳準備好了嗎？

媽媽相信妳一定準備好了，因為妳一直都很有潛力，媽媽說過很多遍了吧？只要認真練習，很多事情妳都可以做得很好。

雖然跟阿嬤住在一起，會有很多事情不方便，媽媽很心疼妳，妳辛苦了。

但阿年，妳還是要認真聽話，好好練習要練習的東西，接下來要準備考大學了吧？不論結果是什麼，媽媽都愛妳，知道嗎？

對了，回覆妳上次問我的問題，媽媽很開心妳的新學期仍有劉老師陪伴，媽媽覺得這是一個很好的資源，媽媽鼓勵妳持續這段諮商關係，這對妳跟阿嬤一定都會有幫助的！

媽媽的工作也有新的挑戰，但是媽媽都有向妳看齊，繼續認真學習，認真接受挑戰喔！期待接下來的挑戰，準備迎接挑戰，這個時候我們會用摩拳擦掌四個字，很有趣吧！我們一起摩拳擦掌，把接下來冒出來的關卡，一個一個擊破吧！

媽媽會一直幫妳加油的！

愛妳的　媽媽

我把信件反覆讀了好幾遍，因為媽媽的字太好看了，我走進房間裡，把房門關了起來，拿一張白紙放在信件旁邊，模仿起媽媽書寫我的「年」的樣子。我想把那把鋒利的劍給臨摹出來。

我一連試了好幾張廢紙，卻始終沒有辦法寫出一模一樣的形狀。但是寫著寫著，我心情漸漸變好。我好喜歡看著媽媽的手寫字，專注在她的筆劃，用力和放輕的地方都不一樣，每個字都像一幅畫一樣優美。

我拿起螢光筆把媽媽的信重新閱讀一次，一邊閱讀一邊畫記信件裡頭的重點，直到螢光筆畫滿整封信件。我決定放棄臨摹媽媽的字了，我拿出一張完全空白的紙，準備我常用的筆，我要回信給媽媽。每當收到媽媽的信件，我都會寫一封信，讓媽媽知道我最近的狀況，也將我想要問媽媽的問題寫在信件裡。媽媽收到後，會在下一個月寫給我的信中，把問題回覆給我知道。雖然一個月才一次而已，可是我已經習慣這個頻率了，而且媽媽都有回答我的每一個問題，這樣讓我覺得自己很被重視，被好好地對待。這感覺有點像劉君老師對我的態度，只是更加溫暖，像是魔法一樣。身體不自主稍稍提高溫度的感覺，會在閱讀信件時將我包圍起來，我很喜歡。

寫完要回覆的信件後，我把信件包進空白信封袋裡，走出客廳。

我已經忘記剛剛有跟阿嬤吵架了。在我把媽媽的信件放回黑色小包包裡之後，要出房門時我下意識喊了阿嬤一聲，但卻沒有得到任何回應，這才想起來阿嬤剛剛跟我不歡而散的畫面。

我走到客廳，將信件放在桌上。阿嬤說，只要我有想要回信給媽媽，就把寫好的信件放在客廳桌上，她會找時間把信件寄出去。既然平常都是這樣，就算她晚點才回來，明天還是會處理的。

我看向窗外，發覺時間已經快到傍晚，我得自己去打理晚餐才行。我順便收拾要念的書，打算吃飽飯後，待在圖書館，直到閉館再回來。

阿嬤出門了也好，我在心裡想著，我不喜歡阿嬤。

我出門了。

# 10.

要重新進行一次徽章挑戰，對我來說是很不容易的事情。

我想我大概能夠知道上一個學期，也就是暑假前的那個學期，為什麼沒有辦法成功獲得徽章。可是，即使我知道了，也不知道該怎麼改進才行。

為此，我在辦公室跟王釗老師激烈地討論過一次，據別的老師所說，我是在辦公室跟王釗老師大吵一頓。我還記得那次的對話。如果用成語來形容我對這段記憶的鮮明印象，我記得可以使用「歷歷在目」這四個字。

「妳聽好，這份公文，雖然用這個卷宗裝起來，但是不代表我們真的就是完全按照這個時間處理。」

「紅色卷宗，唔，那是紅色卷宗。」

「對，這是紅色卷宗。」

「紅色卷宗，一日、一日內要處理完畢，唔，一日內。」

「對，有人告訴過你這個遊戲規則，很好，妳有認真聽，但是不用都按照這個時間，不用！」

「沒有一日內處裡完、沒有一日內處理完，這樣不叫做處理完，這樣不能用紅色！不能用紅色！」

「那楊老師後來改用白色裝，不是就好了嗎？」

「但是，唔，但是它，它不是白色的！它不是白色的！我知道它是紅色的！是紅色的！」

「它是什麼顏色，隨時都可以改！妳不要這樣死腦筋！」

「它是紅色的！一日內！一日內！一日內！」

「盧同學！請妳離開這裡！」

「一日內處理！我記得規則，它是一日內處理！」

「我說請妳離開這裡！離開辦公室！要大叫就給我去其他地方！」

這就是我腦袋中還記得相當清楚的一段對話。

因為後來再也沒有人跟我討論公文的事情，所以我還是一樣的想法。既然公文已經依照顏色來區分，而且，遊戲規則說得很清楚，紅色就是一日內要處理完畢的最速件，那超過這個時間，不就不能算是處理完畢嗎？怎麼可以隨便換成別的公文卷宗，亂放到其他地方，這樣不是違規嗎？我到現在還是搞不懂王釗老師在想什麼。

但是好在，這學期的任務完全沒有送公文這件事情。

在陳駿的陪同下，我領取了這學期的徽章任務，其中有，協助老師登打資料、整理回收物，以及把圖書館的還書歸位。

老師表示，不用全部做完，我只要一次挑一種任務去做，如果有辦法持續做下去，那就做到學期末，好好把那件任務完成即可。

在王釗老師、陳駿和我，三個人討論之下，我們決定從整理回收物開始。其實，我沒有什麼想法，我對於這些任務都沒有特別排斥或特別喜歡。可能是我都沒有做過，也不知道做起來的困難會是什麼。

王釗老師說，為了紀念全新的開始，我們要拍一張紀念照。於是，我們三人在學校回收堆前面排排站好，我低著頭，可以感覺到自己的臉部僵硬。我不擅長在拍照的時候擺出姿勢或是表情，每當有人要我笑一個的時候，我都很困擾，因為我沒有覺得好笑，也一時也想不到什麼好笑的事情。我最困擾的，就是攝影的人要我做出看著鏡頭這個動作。

然而，王釗老師自從提議拍紀念照之後，似乎特別好相處，一點也沒有為難我，連我沒有看鏡頭，都沒有意見。我就這樣低著頭，等著拍照結束。

「很好、很好。新的開始，你們兩個都要加油，陳駿，多多幫忙吧！阿年，」王釗老師對我點點頭，這次他並沒有嘆一口氣，只是說，「這個任務對學校幫助很大，是很重要的任務，妳就，盡力而為，好嗎？」

我點了點頭，說，「我知道了。」

「很好，很好！」他又多點了幾次頭，才離開我和陳駿。

陳駿給予我簡單的垃圾回收分類的教學後，就離開這個地方了，他說他有田徑要練習，待會再來看看我做得如何。這個就是陳駿被王釗老師分派的任務，他並不會跟我一起做這些事情，而是指導我做，並檢查我做得好不好。因為他是小幫手，是來協助我的。

我看著學校一個禮拜累積下來的回收物，一堆一堆的，讓我很難行走。

其實我是做過垃圾分類的，我知道喝完的飲料要丟到回收區，我知道吸管是一般垃圾，我知道紙張要丟到紙類回收區。

王釗老師說，我的任務很簡單。

但是我聽起來，我的任務可不簡單。我的這項任務，總共其實包含三項小任務，首先，我要檢查一下回收堆裡面，有沒有分類錯誤的東西，要把它們挑出來，然後放到正確的回收區裡；再來，我如果有看到沒清洗乾淨就被丟進來的回收物，就要把它們給清洗乾淨；最後，我要把各班級的回收物拿過來回收區放好。

在我這樣整理過等等要進行的任務之後，我忽然覺得這任務可真是艱鉅。大人常常都會把要我做的事情講得很輕描淡寫，但是事情明明就很複雜。

我不確定該從哪邊著手好，回收區在一個鐵柵欄裡頭，四處都是難聞的氣味，我得想個計劃出來才行。如果我做這些任務的時候，可以有一些計畫，一定會很有幫助，我是這樣想的。

於是，我繞著鐵柵欄走著，眼睛盯著這些回收堆看。我很緊張，這是我沒做過的事情，但也有點興奮，因為我想把事情做好，不想辜負媽媽的期待。媽媽很相信我，她覺得我一定可以把很多事情做好。跟阿嬤不一樣，跟同學們也不一樣，他們都認為我一定會把很多事情搞砸，然後在事後罵我一頓。就連不是負責照顧我的同學，也會好像照顧者一樣對我開罵，我不喜歡這樣。所以這次不能搞砸了，我心裡這樣想。

回收物好臭，這個臭味是因為我繞著走，所以才飄起來嗎？但是如果我拿在手上，要把它們換位置的時候，會不會也有一樣的臭味，或是，會散發更臭的味道呢？我腦袋冒出很多疑惑。

我邊繞著走，邊想這些事情，但我沒注意到時間，等我意識到的時候，陳駿已經回來了。

「盧，妳做到哪裡了？」他從不知道哪裡慢跑過來，在我面前停下。

「啊，唔，我沒有、我還沒有，唔，我不知道。」

「妳還沒開始？哇！哈哈哈哈哈——」陳駿忽然捧腹大笑起來，但是，跟成語不一樣的地方，其實他並沒有捧著腹部，他只是笑著笑著彎曲了身體而已，「妳居然還沒開始，天啊！」

陳駿雖然笑得很燦爛，感覺很開心的樣子，但是這種笑聲裡面，除了他真的覺得很好笑之外，應該還帶有一些嘲笑的感覺在裡面。我對別人的笑聲很敏感，因為我很常聽到別人的笑聲，所以分辨笑聲這種事情我練習過很多遍了。

我不喜歡他笑成這樣，因為我根本不知道哪裡好笑，而且我猜想他是在嘲笑我。

「唔，唔，唔，」我來回踱步起來，我還是不知道要跟他說什麼才好。

他的笑聲結束後，對著我揮揮手，說：「好吧好吧，今天先這樣，妳明天再來弄，我們再看要怎麼辦吧！」

由於王釗老師在揭示這些任務的時候跟我說過，我這學期要聽從陳駿的指令，把他當作另一個老師來對待，所以我也決定明天再繼續。

「妳真的是，很可愛欸妳。」他搖搖頭，又笑了一下，接著輕快地跑走了。

我的任務開始了，不知道接下來會不會順利。

# 11.

我的任務執行得沒有很順利。

幾個禮拜我都在跟回收物搏鬥，我花了不少力氣，好不容易採取動作——因為再不動作的話，王釗老師警告我，會有非常糟糕的後果發生——我打算先從檢查回收物開始，看看有沒有分類錯誤的垃圾在裡面，要把它們全都挑出來。

但問題是，我只有午休時間可以做這些事情，因為放學後，這裡的鐵柵欄門就會被老師給鎖上，這樣一來，就沒有人可以進出了，如果我還在裡面，就會被關到隔天才出得去。我只喜歡自己決定什麼時候上鎖的感覺，所以我要趁中午休息時間，把回收任務完成才行。

午休時間真的很短，我再次體驗到歲月如梭的感覺，處理垃圾的時間，好像偷偷被誰給快轉了似的。

回收區旁邊有個儲物間，雖說是儲物間，但那裡面堆放的並不是時常要使用的東西，而是很舊很舊的，用不到的東西。我一開始走進去裡頭，發現裡面的霉味和蜘蛛網，多到會讓我呼吸困難，還被陳駿給叫了出來。他說那間等於廢棄了，過幾年學校還規劃要拆除的樣子，雖然現在沒有上鎖，但其實也沒有人會進出。

那上面有一個監視攝影機，但攝影機的鏡頭都碎裂了。王釗老師說，這裡的設備都壞了，柵欄和管線都很老舊，要我多注意安全，不要處理回收物的時候受傷。

處理回收物時，我會把垃圾一個一個從塑膠袋拿出來。我很快就找出被分類錯誤的回收物，把它們放到其他回收區裡，放到正確的回收類別，讓我感覺很好。只要回收物被放到正確的區域，我都會小小地微笑一下。

有一天，我眼看著回收物一個個被我拎到其他塑膠袋裡，我很滿意這個進度，我那時候想，或許可以就這樣，很快把這些事情完成。

中午的時候，陳駿會來看我任務執行的狀況，他在一旁看著我做分類的工作。

「這樣好嗎？」他忽然沒頭沒腦地說。

我停下動作，愣在原地。

「這樣子好嗎，盧？」他又重複了一遍，可是我聽不懂他的意思。

「唔，我不知道，我不知道，哪裡不好。」我回答道。

他走到我旁邊，跟著我一起蹲下。

「我知道妳有把那些分錯的垃圾，放到應該要放的地方去，很棒。」他指著那些回收物，「但妳看，這些垃圾，每個都這麼髒，要是沒有清乾淨，能夠回收嗎？妳說說看。」

我看著他指著的餐盒，雖然那餐盒在正確的區域，但是它裡面油油的，還有一些黏著的飯粒和菜渣，的確說不上是乾淨的回收物。

「唔，不、不乾淨不能回收，嗯。」我同意，點點頭。

「對啊，不乾淨怎麼可以回收，我也覺得是這樣。」他在我旁邊點點頭，我的眼角餘光有看到。

「這個呢？」他指了另一個回收物，是汽水的寶特瓶。「妳覺得這裡面有乾淨嗎？」

寶特瓶裡面的汽水，因為有顏色的關係，很明顯是沒有被清潔過的。

「唔，寶特瓶不乾淨，不乾淨不能回收。」

他鼓掌起來，我也點點頭，覺得自己說得是對的。

「沒錯欸！盧，妳的觀念很正確欸，學校有妳真好！」

被他這樣誇獎，讓我有些不好意思，我笑了起來。

他伸手，把那些回收物又從回收堆裡拿出來，邊拿出來，邊舉起來問我：「這個呢？有乾淨嗎？」

「唔，沒有。」我說，他丟到地上去。

「這個呢？這個有乾淨嗎？」他拿起另一個問。

「不乾淨，這個不乾淨！」我說，他又丟到地上去。

「這個呢？」

「不乾淨！」

「這個呢？」

「不乾淨！這個不乾淨！」我興奮地指著那些不乾淨的回收物，我喜歡這個遊戲，在他協助下，我可以很快辨認出回收物有沒有乾淨。

他原先一個一個拿出來，後來，他問我：「要把它們都倒出來嗎？」

「唔，好！」我說。

「好！」他把一整袋垃圾全都倒了出來。「這些人真是的！應該要多跟盧同學好好學學，回收物都不清洗乾淨，這樣要怎麼做好回收啦！對不對！」

「唔，唔，對！」不曉得為什麼，我覺得很興奮，跟著陳駿喊著。

他把其他好幾袋已經被我整理過的塑膠袋一袋一袋拿給我，我一接過來，就把它們給全數倒出來，現在所有回收物都散落在地上，我從沒看過這麼多垃圾一次散落在地上的樣子，那樣子好奇怪。

「呼，這個重要的任務真的沒有妳不行，盧。」陳駿說，「接下來，是不是要把這些垃圾一個個洗乾淨才行？如果油油的要怎麼樣？」

這是對的。

「唔，嗯！嗯！要、要洗乾淨，不乾淨不能回收，不乾淨不能回收。」我重複著，因為

「沒錯，不乾淨怎麼可以回收！」陳駿從地上撿起一個餐盒，交到我手上，我把它接過來，「把它們都變乾淨吧，幫它們一個一個全部都洗個舒服的澡！好嗎！」

「唔，好！」我回答。

他微笑了一下，就離開垃圾回收區了。

「不乾淨不能回收，不乾淨不能回收。」我小聲唸著，把餐盒帶到旁邊的洗手台，擠了洗碗精，把餐盒用菜瓜布刷了幾遍，直到它變回原來白亮的模樣，這樣乾淨的樣子，才能回收，因為不乾淨不能回收。

鐘響的時候，我還沒有洗完，但因為鐘響了，所以我就先離開這裡了。

隔天的中午，我又把各班級拿去回收區的回收，解開塑膠袋，把它們全數倒出來。因為前一天的垃圾我還沒有清完，所以這些被倒出來的垃圾，跟前一天的垃圾層層堆疊在一起，看起來又疊得更高了。

我拿起那些餐盒，還有寶特瓶，打算全部都清潔過一遍，因為不乾淨不能回收，這樣才是正確的流程。

不知道為何，我才沒清潔幾件垃圾，鐘聲又響起，表示午休時間結束了。

整個午休都在做清潔回收的任務，其實也是相當疲累的一件事，因為這樣子表示沒有睡覺時間，而且為了清潔乾淨，我感覺全身都在出力。

我重複著一樣的任務。某一天，我蹲下拾起其中一個沾著些許油漬的塑膠餐盒，剛抬起頭來，眼前就冒出兩個身影。

「盧同學！」一個聲音在我面前大叫著，很大聲很大聲，我嚇得不小心把塑膠盒給扔到地上。

那聲音的主人是王釗老師，王釗老師看起來很生氣，還用這麼大聲的方式叫我，加上他的表情，應該可以用「怒不可遏」來形容。陳駿就站在他旁邊，手撐在腰間，環顧著回收區。

「盧同學！妳到底在幹什麼！」王釗老師的臉已經變形了，他的嘴巴張得好大，眉頭皺在一起的樣子，簡直像是另外一張臉一樣，但那確實是王釗老師原本的臉，他並不是帶了面具。「這裡——天啊！我叫妳簡單分類一下，妳怎麼搞成這樣！這裡是掩埋場嗎！喔天啊！」

「唔，唔，這裡、這裡、這裡不是。」我蹲下去，把塑膠餐盒給撿起來。「這個不乾淨，所以——」

「我知道！陳駿有跟我說，說妳把垃圾全都倒了出來，是嗎！」

「唔，唔，對。」

「妳不要這樣嘛，我拜託妳，妳到底為什麼要都倒出來？」

「唔，因為，唔，不乾淨不能回收，不乾淨不能——」

「妳安靜！」他打斷我說話，一把搶過我手上的塑膠盒，我瑟縮起身子，「妳看看，這到底多髒，這已經沖洗過了，為什麼還要洗？」

「唔，那裡，那裡有一粒飯，所以要清洗乾淨，唔，不然不能回收。」

「這已經很乾淨了！這樣就可以了！天啊！」

我不敢再講話，因為王釗老師變得很大聲，真的很大聲，尤其他就站在我面前，我感覺他的聲音從我耳朵那邊倒灌進去，灌滿了我的腦袋。

「而且，這是怎麼樣？兩罐！兩罐清潔劑！整整兩罐全新的！妳幾天就把兩罐全部用完！喔我的天啊，我的天啊！」王釗老師的嘴巴又張得更大了，我沒看過他的嘴巴變成這樣過。

「盧同學光是清洗就花了一整個中午，怎麼樣都停不下來。」陳駿把王釗老師手上的塑膠盒接過去，放到其他地方去，「我有跟她說要加快腳步，不然垃圾會越堆越多，不過，她好像就一直說，不乾淨什麼，不能回收？」

他看著我，手伸到我面前對著我問。

我不敢點頭，也不敢說話，我不喜歡這樣被罵，或是被質問的感覺，而且我不喜歡他說沒有說過的事情。

「我知道，陳駿，不是你的錯，盧同學有時候就是，比較堅持她的想法，唉，我真的是——」

「盧同學，其實這些都有簡單沖洗過了，沒有真的那麼髒，只要檢查有沒有好好分類完，這樣就好了呀！」陳駿對我露出微笑。

王釗老師搖搖頭說，「盧同學，妳不要洗了，聽到了沒，一個都不准洗，今天放學前，妳就把它們全部裝回袋子裡分類分好，不要做其他事！然後妳今天之後就不用再整理回收了。」

「唔，上、上課——」

「還上什麼課！下午的課不用上了！把這些東西全部裝好，聽到了沒有！」

「唔，唔。」我不想要，我不想要下午的課沒有上到，但我不敢說出來，而且我不想要做其他任務。

陳駿站到我跟王釗老師中間，說，「我也幫忙一起裝吧！」

「啊，陳駿，你不用幫忙啦，就讓她自己弄。」

「沒關係的，老師，我就幫忙到午休結束就好，順便確定她知道怎麼裝。」

「唉，陳駿，」王釗老師拍了拍陳駿的肩膀，「真是對你不好意思，讓你這樣一直幫忙。」

「不會啦！小事一件！」

「還好學校有你，不然這要老師怎麼辦，唉真是。」王釗老師搖了搖頭又嘆了一口氣，往辦公室走去。

「來吧，盧！」陳駿整張臉笑開來，「雖然妳被開除了，但我們還是要好好把事情完成，對吧！」

放學回到家的時候，家裡樓下就出現了一箱要寄給我的控制器。

就是這樣，我的任務進行得不是很順利。

# 12.

王釗老師過了一兩週，才分派新的任務給我，但不只是整理回收物，我在其他任務的執行上，也都進行得不是很順利。

自從整理回收物的任務結束之後，我接連被分派的任務有，協助老師登打資料，以及把圖書館的還書歸位兩項。而，這兩項任務也都接連失敗了。

我很賣力想要把事情完成，最後卻還是都把事情搞砸了。

就第一項任務來說，其實使用電腦軟體對我來說並非太困難的事情，因為學校都有電腦課程，我也在好幾個學期的課程中得到通過的分數，基本操作是沒有問題的。

王釗老師說，之所以會分派這個任務給我，就是因為，這是一項非黑即白的任務。他那時候說：「我說得直接一點，這項工作不是一就是零！這樣總不會出錯了吧！」

其實我也喜歡協助老師登打資料這種任務，感覺不用花費多餘的心思去擬定執行計畫，我只要按照紙本上的內容，將資料登打進電腦系統中，就可以完成這項任務，只要一直持續下去到學期結束，過程中都沒有出問題，到寒假時，徽章就會被我順利獲得了！

當我登打資料的時候，陳駿會利用他練習的休息時間，跑來辦公室確認我的進度。因為他的任務跟我不一樣，他是來協助我把事情做好，所以就連他的有氧練習時間，也事先跟教練討論過，安排成可以跟我搭配的時間了。

他通常不會管我，只是在旁邊喝水和盯著手機，等我把事情做完。有的時候，王釗老師也會經過我們這兒，陳駿就會舉起手，比出一個「OK」的手勢，如此一來，王釗老師就會點點頭，繼續去做他的事情。

大約將近一個禮拜的時間，一切都很順利。

有一天，隔壁班的歷史老師用很快的動作進辦公室，我有看過幾次這種動作，但是每次這個動作的答案都不太一樣，所以我也不知道要怎麼辨認。

歷史老師匆匆跑到我面前，她手上抱著一小疊資料。

「阿年，妳是王老師班上的阿年對嗎？」

「唔，唔，嗯！我是阿年，老師妳好。」

「好，好，那個，」歷史老師將她手上的資料伸到我面前，「我這邊也有一份要麻煩妳，有一點趕，能今天放學前幫我打好嗎？」

我轉頭看了一下時鐘，點了點頭。

「呼，太感謝了，」歷史老師把那一小疊資料放到我桌上，「我放這邊喔！謝謝阿年！」

「唔，嗯，嗯！」我忍不住微笑一下，我喜歡別人跟我說謝謝的感覺，那個感覺很好，心裡面暖暖的，雖然比不上媽媽信裡面的文字帶給我的溫度。我把那一份資料先放到旁邊去，因為我現在在登打的資料還沒完成，我想先完成手上這份。

歷史老師走出去的時候，剛好在門口遇到正要走進辦公室的陳駿。他們小聊了一下，歷史老師轉頭看著我，指了我這邊一下，陳駿不知道說了什麼，歷史老師笑得扶著陳駿的肩膀。她最後幫陳駿做出加油的手勢，陳駿這才走了進來。

「唷！盧！」他舉起手來，對我打招呼。

「唔。」我連手都沒有抬起來，因為我還在不開心他上次在回收區亂說話的事情。

他到我旁邊來，伸展著他的身體。他應該才剛做完一些訓練，我沒有理會他，先把今天應該要完成的資料登打進去。完成這一份之後，接著再把歷史老師緊急交待的資料登打完畢，這樣今天的作業就沒問題了。我心裡面有一股安心感湧上來，我想我可以晚上去鎮上圖書館享受一個人的閱讀時間。我喜歡閱讀，喜歡圖書館安安靜靜的感覺。

他看著我把資料打到電腦系統裡面，嘖嘖稱奇。

「這些數字真的很多欸，都是靠妳才有辦法整理的欸！妳好厲害！」他在我旁邊，瞪大眼睛看著我。

我重複著登打的動作，沒有看著他，但我也感覺得到他直直盯著我看的樣子。我這次沒有因為他稱讚我就笑起來，因為我開始懷疑他講出來的稱讚是不是有別的意思，我對這方面的判斷真的不太擅長。

「老師是不是說，期限內要把資料登打完才行？」

「唔，對，期限內要完成才算完成。」我敲打著鍵盤。

「期限內要完成，才算完成。」他重複了一次我的話，點點頭。

「唔，嗯。」

他喝了口水，坐到我旁邊滑著手機。他沒有說話，我也靜靜地敲我的鍵盤。辦公室不時會有人聊天，但是他們干擾不到我，這裡比教室來得舒服多了，除了沒有同學在旁邊鬧我之外，因為我被分派特別的任務，所以其他老師也不會一直來關心我。我其實沒有很喜歡被別人關心。

最後一行——完成！

好，把這疊資料先放到桌上黏貼著「已完成」三個字的資料櫃裡，這樣王釗老師或其他老師看到了就會自己拿走，這樣分類很棒。我想我也可以試著把媽媽的信件和控制器做這樣的分類。我很喜歡分類整齊的樣子，所以我也很喜歡圖書館和警察局，他們都會把東西整理得很整齊。

放好後，我把旁邊那一小疊資料拿到手上，在電腦裡開了另一個檔案。

「啊對，那疊資料不能用喔！」陳駿忽然發出聲音，沒有很大聲，只是一般講話的音量，不對，比一般講話的音量再小聲一些。

我停下動作，這疊資料不能用？

他沒有看著我，只是盯著手機看。我想他是不是在對著手機裡的畫面自言自語，我再度伸手要拿那疊資料。

「那疊資料不能用喔，盧。」他這次喊了我的姓氏，我確定他應該是在跟我講話，那麼剛剛可能也是在跟我說話。

「唔，唔，」我把那疊資料給拿起來，但是手就這樣停在半空中，因為我不想要做錯，要是又做錯了，我就不知道該怎麼補救。很多事情只要出了差錯，我都沒有辦法補救回來，因為不是每件事情都跟控制器一樣有試用品，按一下按鈕就恢復原狀。「唔，為什麼，為什麼不能用？」

「那疊是歷史老師剛送來的資料，她剛剛跟我說昨天放學前其實就應該要登打了。」

我把資料放在桌上，又拿起來到空中，又放了下去。

「我應該要登打，唔，可是，唔，期限——」

「對，期限內完成才算完成。」他輕輕說，沒有抬頭，連看我這邊一眼都沒有，雖然我很喜歡他不要看著我，但是我現在很困惑。

「唔，唔，我不知道，唔——」我覺得心跳加速了，只要我很緊張的時候就會感覺到心跳變得比較快。

「沒有期限內完成的，不算完成。」他又說了一次，只是把事情反過來說。

「唔，期限內完成才算完成，期限內，期限內，期限內完成才算完成。」

「嗯。」

怎麼辦才好，我沒有遇過這種事情，之前老師們給的資料都是在期限內要求我完成，從來沒有給過我超過期限的資料。

我把檔案打開，又把檔案給關掉。

我站了起來，去了一趟廁所，又回到座位上。我搓揉了好幾下太陽穴，希望可以想到一些好的辦法來，但好像還是沒有什麼用。陳駿從頭到尾都坐在位置上，沒有搭理我。待會就要放學，他再二十分鐘也要離開這裡，因為他協助我的時間只有剛剛到放學這段期間而已，放學後他就不用協助我了。

「唔，唔，」我想到了一個辦法，我組織了一下可以使用的合適句子，「唔，陳駿協助我，因為陳駿這個時間要協助我。陳駿，唔，請你協助我。」

陳駿放下手機，看著我。

「我要怎麼協助妳？」

「唔，我，我應該要登打資料，可是資料過期了。」

「我知道啊，期限內完成才算完成。」

「但，唔，唔，但，但還是要登打，我放學前要登打完。」

「不能登打啊，不是說過期了嗎？」

「但，但──」我輕輕踏著腳。

「那不然我們來登打，是嗎？我們違反規定，把超過期限的資料也打進電腦，一起違規是嗎？」他站起來，把桌上那疊資料拿去，「我們現在就來把資料打進去，是這樣嗎？來，我們一起弄，不要管期限了。」

「唔，不行、不行！」我推開他準備碰滑鼠的手。

「傷腦筋。」他把資料放在他大腿上，搔了搔頭，露出困惑的表情。他思考了一下，接著睜大眼睛，表情變成「想到了！」的樣子，他說，「好啦，不然這樣，盧，這是歷史老師給的資料對不對？」

「唔，唔，對，對，歷史老師請我幫忙的，是歷史老師的資料。」

「好，她這份資料超過期限了對不對？」

「唔，對。」

「因為我們也不知道該怎麼辦，既然這樣，我幫妳拿去問歷史老師看要怎麼做，或許就解決了，好嗎？」

「唔，唔，好。」我說。

「因為我跟歷史老師很熟，上次還幫她買咖啡，我想可以幫妳問一下，搞不好就沒事了，好嗎？」

「好，唔，好。」我點點頭。

「那就這樣吧！有辦法解決就沒關係，不要緊張嘿，盧。」他又一直盯著我看，我不喜歡這樣。

「唔，唔，嗯。」

「妳困惑的樣子，其實還挺可愛的，有人跟妳說過嗎？」

我沒有說話，只是搖搖頭，我沒有聽過這種說法。而且我還在無法登打資料的震撼當中。我可能得要出去走走，或是去廁所蹲下來，才會讓心臟不要跳這麼快。

「今天先這樣吧，剛剛的完成了對嗎？」

我點點頭。

陳駿也點點頭，接著他把手機放口袋，拎了他的包包，將資料放進裡面，「那我先準備回家喔，這份我再幫妳處理。」

他對我揮了揮手，就離開辦公室了，等放學時間一到，我也跟著離開辦公室。

還好今天的問題解決了，我心想。

過了三天，午休的時候，王釗老師把我叫到辦公室外的走廊去，歷史老師和陳駿都在那裡。

我還沒搞清楚是什麼狀況，王釗老師就先對我開罵一頓，我不太記得他罵了我什麼，因為他不是第一次對我生氣開罵，但我很確定是跟我的任務有關。

但是歷史老師的表情和對我說的話我倒是記得很清楚，因為我跟這位老師沒有什麼交集，這也是第一次她對我擺出這個表情。她的眉頭皺在一塊，有時候她會閉上嘴巴用鼻子吐氣，那種看我的樣子，跟「瞪」這個動作很像，或許就是這個動作，我不太確定。

「盧同學，我不是說那份資料放學前要登打完嗎？妳知不知道那份資料要交去教育部，那是學校申請的計畫資料，妳知道我們錯過期限了嗎？」

「唔，嗯，嗯，我知道，」我點點頭，這部分我都理解，「那份資料超過期限了，期限內完成才算完成。」

「沒錯、沒錯！」歷史老師雖然看起來很嬌小一隻，可是她現在的身體動作很大，聲音也很大，我不喜歡這樣，「結果這份文件，我們沒有在期限內完成！因為妳這邊沒有任何動作！沒有完成！沒有完成！」

「唔，唔，唔，」他們三個人全都盯著我看，一次這麼多視線集中在我身上，讓我非常不自在。「可是，我沒有，唔，我沒有辦法登打，期限內才能——」

「阿年，」陳駿伸出手來，打斷我講話，「因為妳沒有登打資料，老師們那邊沒有來得及送件，我們學校明年的補助款沒了。」

我的心臟跳得很快很快，我不懂整個事情的來龍去脈，但是我聽得出來，有事情被搞砸了，而且從他們這樣包圍我的站姿看起來，他們覺得這是我的錯。我不曉得要說什麼才好。

「妳現在也沒辦法做什麼，但是好歹，妳得向老師們道歉才行。」

「唔，唔，但是期限內——」

「妳先等等，」陳駿又把手伸出來，「我已經跟妳說，那資料要趕快處理，妳其他資料也都有完成，偏偏這份最需要妳幫忙的，妳擱著沒做。老師都說當天放學前趕快弄完，我也提醒妳了，妳還這樣，我覺得妳這樣子，真的造成學校很大的麻煩，妳就先不要講別的，先好好道歉吧！」

我覺得腦袋一片混亂，我完全聽不懂他在說什麼，因為他說的事情，跟我記得的事情完全不一樣。

見我沒有說話，王釗老師大喊一聲：「說對不起！」

「對、唔，對不起。」我嚇得瑟縮起身子，乾脆蹲了下來，揉著太陽穴。我不知道該怎麼辦，也不知道怎麼會變成這樣，本來事情都好好的。

「又這樣，又變這樣了，唉——」王釗老師說，「宋老師，真的很抱歉，她就是這樣。」

「真的要氣死我了！」歷史老師說，她的腳在地板上用力踏了一下，接著氣憤走人。

「真的很抱歉，宋老師，是我們這邊督導不周。」王釗老師說。

我蹲著，只能看到他們的腳踝和鞋子，我想逃走了，或是就這樣躲起來，我在想我是不是要把眼睛閉起來，這樣就真的可以躲起來了。

「唉我的老天，我真的是——」

「老師，你先休息吧，我陪她。」陳駿說。

「我快發瘋了，這學期怎麼這麼難熬。真是抱歉，陳駿。」

「沒事的，老師你去想辦法，這邊我來善後。」

「唉，唉，天啊，好吧。」王釗老師邊嘆氣邊走人。

我把眼睛閉上，蹲著等王釗老師走遠，但我還不想站起來，我的腦袋沒辦法一次處理這麼多事情。

「盧，真有妳的。」陳駿在走廊上坐下，坐在我旁邊，我同樣聽不懂他這句話的意思，我不想聽他講話，他講的東西都很奇怪、很沒有道理。

我把耳朵摀住，他好像也沒有說話了。

當我困惑又生氣地回到家時，家裡樓下又出現一箱控制器。我又搞砸了。

# 13.

我在房間裡，拿著獨角獸和獅子娃娃。我已經來回踱步很久了，因為我要思考怎麼做這件事情會比較順利。

王釗老師過了很久才分派第三份任務給我，我知道時間對每個人的感覺好像都不一樣，但對我來說真的很久。這期間都已經來到十二月初了，再過沒多久就是聖誕節和寒假，我本來很緊張，深怕他把我的任務給忘了，但是他每次都會很大聲回我：「我記得啦！妳不要一直問！」

他似乎很難過，還是很生氣，我其實有點分不太出來，不管怎樣，我可以感覺到他不太想要把任務交給我，啊！那個感覺應該是困惑才對。對於要再次分派任務給我，他表現出來的應該是困惑。

但就像我說的，我雖然很賣力想把事情做好，但最後都還是會搞砸，我也接著把第三份任務給搞砸了，而且回到家時，又有一箱控制器在一樓等著我。所幸，這段期間阿嬤都沒有注意到被運到一樓等著我的任何箱子，她也沒有提早回家，所以我都有足夠的時間把箱子給搬回房間。

雖然我又搞砸了，但這次有仔細檢討自己，看看自己為什麼會搞砸。

這是劉君老師教我的方法，她說我可以試試看，在心裡面退後一步，看著自己的行為，然後把自己當作一個評審，盧年則當作另一個女孩。作為評審，我要去觀察盧年這個女孩做了什麼，並且幫這個女孩打分數。

這個練習其實滿難的，因為我不擅長想像，但是輔導室裡有很多娃娃可以輔助我做這個練習。劉君老師說，只要我心情不好，覺得受不了的時候，就可以去輔導室借用那些娃娃，她甚至讓我把娃娃帶回家。她說隔天再帶回來也沒關係，所以我借了兩隻娃娃，分別是一隻獨角獸和一隻獅子。

我回到家的時候，阿嬤注意到我手上的娃娃，跑到我旁邊想要跟我一起玩，但是我沒有要玩，我是要做練習作業。

「唔，這個妳，這個妳不懂啦！」

「好好，阿嬤不懂，阿嬤不懂。」她揮了揮手，自己走回客廳去。

我打開房門，進到房間後再把房門給鎖上，開始思考這項練習的操作流程。

來回踱步不知道多久後，我想到了要怎麼做才好。
我坐下來，把那隻獨角獸娃娃當作盧年，獅子娃娃則被我當作陳駿。

# 14.

學校裡有兩隻動物，牠們都很特別，因為每一隻動物都是特別的。

獨角獸在這個學期開始，都會被學校分派一些任務，這些任務對於獨角獸未來的生活有很大的影響，然而，先前的任務不知道為何，紛紛以失敗告終。

這一次，獨角獸收到的任務是獨角獸最喜愛的任務：將學校圖書館的還書收納回書架上。這個任務，獨角獸只要一個禮拜執行一次就可以，圖書館幾乎每個禮拜都會有同學去還書，這些書籍都會被圖書館的管理員林阿姨放在待整理區，一個禮拜左右，待整理區就會被這些書籍給裝滿。

獨角獸剛到圖書館幫忙的時候，林阿姨耐心教牠要怎麼閱讀書背上黏貼的編號。獨角獸一直以來都很喜歡看這些編號，經過林阿姨譬喻後，牠就更喜歡這些東西了，林阿姨說：「就像學生在學校一樣啊！每個學生都有自己的名字，也有自己的座號。妳看，每一本書也都有自己的書名，和自己的編號，很有趣對吧！」

了好幾下頭。

獨角獸很同意，所以當林阿姨問獨角獸這件事情是不是很有趣的時候，獨角獸笑著多點

獨角獸開始試著把每一本還書的編號都看過一遍，看到編號，就能找到它們原本收納的地方，要找到什麼編號位在何處，對獨角獸來可說是一件輕而易舉的事。學校圖書館的每一個角落，獨角獸都認識，每一個書架分別放著什麼樣類別的書，獨角獸也都很清楚。因為在學校裡面，這裡是獨角獸很喜歡來的一個地方。這裡很安靜，也沒有人會在這裡欺負牠，因為，如果有人在圖書館欺負獨角獸，大家就會吵吵鬧鬧，而負責管理圖書館的林阿姨就會出面制止大家。圖書館要保持安靜，這是大家都知道的規矩。

任務開始兩個禮拜，獨角獸執行得非常完美，每一本書都確實回到它們原先的位置去，獨角獸很替自己開心，因為這樣一來，到學期結束前，只要重複一樣的動作，獨角獸就能獲得牠夢寐以求的徽章了。

然而，獨角獸幸福快樂的生活沒有維持多久，因為這時候，獅子出現了。

獅子在這座學校裡是每個人都喜愛的角色，牠很受歡迎，因為牠跑得很快，牠是學校裡面跑得最快的動物，沒有人比牠還要快，就連其他學校的動物也比不上牠的速度。

獅子也被學校分派了任務，牠的任務是要監督獨角獸工作。

因為獨角獸是學校裡面，最奇怪的動物，既不受歡迎，又笨手笨腳，所有的動物都不喜

歡牠，也不信任牠。

今天，獅子也來到圖書館，獨角獸才發現，原來獅子也喜歡閱讀書籍，獨角獸這才想起來，獅子除了跑步最快之外，在學校的學習成績也是名列前茅。

「阿姨！」牠對著坐在櫃檯的林阿姨打招呼。

「啊，阿駿啊！今天也來啦！」林阿姨笑得非常開心，獨角獸並不覺得奇怪，因為一直以來，獅子都是最受歡迎的動物，沒有一隻動物會討厭獅子，所有動物都喜愛牠。

「我來還書，順便看看阿年。」獅子舉起自己手中的書說。

「啊，沒錯，沒錯，真的多虧有你幫忙。你知道嗎？這孩子很需要大家一起幫忙，這是我們學校所有人的責任。」林阿姨刻意壓低聲音，但是獨角獸還是聽得見他們說話的內容，因為獨角獸的聽力很好，但是獨角獸沒有插話，只是坐在地上，專心研究書背上的編號。

「當然！其實我也很樂在其中！她很棒啦！她一直都有在進步。」

「啊唷，她有你當同學真的是很幸福啦！」

「沒有沒有，應該的！」

他們倆笑了起來，獨角獸心想，他們已經完全忘了圖書館要保持安靜的規矩了，真是太糟糕了。但是不要管別人的事情比較好，因為多管閒事總是沒有好下場，這是獨角獸以前就學到的。

一開始的時候，獅子只是坐在學校圖書館的某個角落，休息、喝水，就像動物節目裡的獅子一樣。獅子或許都是這樣，獨角獸也不是很清楚。

後來，獅子不見了蹤影，獨角獸也沒有很在意，但是當獨角獸快要結束還書歸位的工作時，獅子又冒了出來。

「欸，盧！盧！」

獨角獸低著頭，用食指抵住自己的嘴唇。

「唔，噓！圖書館請保持安靜！」

「盧！」獅子沒有理會獨角獸，而是用奇怪的表情看著獨角獸，「怎麼辦，大事不妙了，怎麼辦——」

獅子第一次在獨角獸面前表現出這個我認得的身體動作：不知所措。

因為獨角獸不知所措的時候也會這樣，身體扭來扭去，來回踱步，還會一直摸、揉、抓自己的身體。

「幫幫我，大事不妙了！」獅子又說了一次，他的聲音就好像快哭了一樣。

「唔，唔，什麼事情不妙？」獨角獸問。

「妳跟我來，快點，快點來！」獅子著急說。

獨角獸隨獅子走過去，獅子在語言類別書架前停了下來，他指著其中一本叫做《科學，從好問題開始：ＢＢＣ專家為你解答500個為什麼》的書，這本書獨角獸很喜歡，獨角獸剛好有看過，在借閱率上，也是很受其他動物歡迎的一本書，即使現代動物大多都在使用手機，但還是有不少動物會去借閱這本書。

「完了，妳看！」

獨角獸看著那本書，並不覺得有哪裡有問題。

「盧！妳不知道哪裡有問題嗎？」

獨角獸又多看了幾眼，忽然意識到問題在哪了。

「啊！啊！」

「噓！圖書館不要大叫啦！」獅子示意獨角獸安靜。

「唔，對，對，圖書館要保持安靜。」

原本應該要位在自然科學類別書架上的書，現在卻出現在語言類別書架上，這就是問題，獨角獸很困惑，牠不曉得這本書是怎麼跑過來這兒的。

「除了這本之外，其他的也都亂掉了啦！」

「唔，唔，什麼？」

「妳自己看！」獅子壓低音量，驚慌失措叫喊著。

獨角獸定睛一看，不光是《科學，從好問題開始：ＢＢＣ專家為你解答500個為什麼》

這本書而已，語言類別書架上，居然夾雜了一大堆其他類別的書籍！這狀況頓時讓獨角獸慌亂不已。

「是不是不妙！」

「唔，唔，糟糕，糟糕了！」

「快，我們一起把這些書都歸位！」

「唔，好。」

於是，獨角獸與獅子便開始動起身子，將書架上不屬於語言類別的書給拿下來。

「這樣太慢了，盧！太慢了！」

「唔，唔，我不知道，我不知道——」

「記得嗎？我們上次分工合作處理回收物，我們的默契！」獅子的表情變了，牠不再表現出不知所措的樣子。牠的眼睛睜大，眼神發亮著，這表情獨角獸看過好幾次，每次獨角獸眼前出現這個表情之後，似乎——

「我、我不知道。」

「我們該把全部的書一次倒出來！不然一本一本歸位太慢了！」

「唔、唔，可是，」獨角獸來回踱步，牠正在想，應該要怎麼說明自己的想法，牠的思緒現在有點混亂。

還來不及回應，獅子就繼續說道，「一本一本慢慢看，等一下就放學了！那才是真的完蛋！盧，妳想要趕快做完，還是來不及，然後被阿姨罵？」

「唔，唔，我——」

「妳想要被阿姨稱讚，還是被阿姨罵？」

「唔，我想要被阿姨稱讚，我想要被阿姨稱讚。」獨角獸慌了手腳，趕緊回答道。

「對，我也覺得被稱讚比較好！快，把這幾層的書一次搬下來，快啊！」

「唔，好！」

獨角獸不想要被阿姨罵，牠雖然很緊張，但牠動作相當俐落，才幾秒鐘的時間，書架上的書就全部都被獨角獸給全部搬了下來。

「還有那邊，快！」

「唔，唔。」

另一邊的書架，也都亂掉了，得趕在放學前，把這些書全部拿出來再放回原位去，要不然，借書的同學，還有林阿姨，大家都會感到困擾的！這些書不能在錯誤的地方！獨角獸感覺到心裡面很慌張，不過因為牠正在做對的事情，所以同時也覺得自己很棒。

沒多久，地上已經散落三個書架上全部的書籍了。

所有的書散落在地板上的樣子，讓獨角獸有一種很不舒服的感覺，可是獨角獸接著就要把它們全都歸位了，所以獨角獸強忍著心裡面的不舒服，沒有停下動作。

獅子在獨角獸面前蹲了下來，對獨角獸說，「妳真的全部都倒了出來了欸，妳看我們默契怎麼那麼好，對吧！」

「唔，我，我不知道。」獨角獸聽不懂獅子在說什麼。

獅子摀住嘴巴，噗哧笑了起來，「我先去大桌子那邊看書，等妳的精采表演喔！」

「唔，唔。」獨角獸不知道該說什麼，既沒有點頭，也沒有搖頭。獨角獸感覺到氣氛怪怪的，一股糟糕的感覺在牠心裡湧現，但是牠不知道該怎麼辦才好，只得開始一本一本將書給放回書架上去。獅子則是離開這個凌亂的區域，不見了蹤影。

每一本書，獨角獸都從頭開始閱讀編號，這樣才能正確放回書架上，然而地上的書實在是太多太多了，很快，放學的鐘聲就在走廊響起來，獨角獸腳邊的書卻沒有回到書架上，那數量，看過去甚至沒有減少的感覺。

「啊！什麼啊！」獨角獸忽然聽見林阿姨發出驚訝不已的聲音，那聲音響徹整個圖書館，林阿姨大叫起來。「這些都是什麼！盧同學！」

「噓！圖書館保持安靜。」獨角獸本能地做出反應。

「還保持安靜！這是什麼情況啦！」

獨角獸站了起來，不敢說話，牠只知道自己又要挨罵了。

這時，獅子從林阿姨身後跑了過來。

「喔天，喔天啊。」獅子裝做一副驚訝的表情，獨角獸知道獅子是裝的，因為，獅子剛才明明在這裡，獅子早就看過書散落一地的樣子，所以這個表情是假裝出來的，就跟牠在回收區還有辦公室外走廊的時候一樣。

「現在都幾點了，我的老天爺啊，盧同學！」

獅子拍了拍阿姨的肩膀，對著獨角獸搖搖頭。

接著，獨角獸又是挨了一頓責罵，林阿姨說出各種難聽的話，獅子則提議自己會跟獨角獸一起把殘局收拾，林阿姨對著獅子擺出不好意思的表情，還稱讚了獅子。

最後獨角獸沒有得到阿姨的稱讚，而是被阿姨痛罵了一頓。

# 15.

我激動地在房間站了起來，因為我的動作太大，兩隻娃娃被我撞飛，滾落到房間角落。我忽然想明白了。

如果陳駿沒有提議說要把每一本書歸位，我就不會發現書籍有亂掉——至少那些都不是我弄亂的——就不會花一堆時間，把書架上的書全都撤下來，最後來不及收拾，被阿姨大罵一頓了。除此之外，我回想起來，這學期的每一項任務，好像也有類似的經驗。如果陳駿沒有說，歷史老師給的資料超過處理期限，我根本不會注意到，那歷史老師就來得及處理公文，她也不會跟王釗老師一起把我叫到辦公室外的走廊去。如果陳駿沒有跟我說回收物每一件都很不乾淨——

陳駿一直在給我錯誤的建議，讓我把事情搞砸！

當我想到這裡的時候，腦袋中一直以來的疑問也終於獲得解答，陳駿是我的朋友嗎？

「不是！你才不是我的朋友！」我指著地上那隻獅子娃娃，忍不住在房間大聲吆喝起來。不過，那隻獅子當然不會回應我，因為那只是一隻娃娃。

原來是這樣，原來是這樣，我心想。我來回走動著，這個新發現讓我很震驚，久久不能釋懷，因為陳駿常常說我們是朋友，或者是好同學，是會互相幫忙的好同學，我已經困惑很久了。難怪，常常他講的話我都聽不太懂，或是覺得很奇怪，應該是因為他總是在找機會對我惡作劇的關係。

不對，這不算惡作劇吧，我知道什麼叫做惡作劇，就是當你要坐下時故意抽走椅子，讓你跌坐在地上，或是假裝把你的自動筆藏起來，等你找得很緊張的時候，再拿出來給你，讓你大吃一驚。

陳駿讓我沒有辦法完成任務。如果他真的成功了，我可能就拿不到徽章，如果我沒有徽章，就得單靠筆試成績來考大學，如果只單靠筆試成績來考N大學，因為我的考試成績沒有很理想，可能就考不上了。

我在房間裡兜著圈子，原來情況是這麼嚴重。

幸好，上一次的圖書館事件，並沒有讓我直接被開除。

雖然王釗老師依舊把我唸了一頓，但是由於圖書館的管理員林阿姨覺得我需要練習，如果能多讓我練習，一定會對我有幫助。這是在辦公室的時候，林阿姨當著我的面，對王釗老師說的話。

我雖然不太會解讀別人的情緒或是話語背後的涵義，但我聽得出來因為這番話，我才沒有被王釗老師給撤銷這項任務的。因為王釗老師在答應的時候露出一種表情，那表情看起來怪怪的，好像他感覺身體不太舒服一樣，眼睛和嘴巴有一點彎曲，可能他身體真的不太舒服也不一定。

於是，寒假之前，我的最後一項任務還是能夠持續進行下去。但前提是，我得要想個好辦法，讓這項任務不會被阻饒才行。

我的心裡覺得很不平衡，雖然我現在知道百般阻饒我的陳駿並不是朋友，而且對我很壞。但就像劉君老師說的，他也只是個需要練習長大的青少年，跟我一樣。雖然他文武雙全，但他對我的這些干擾行為，都是他需要調整的地方。畢竟他也還沒有滿十八歲，不能完全為自己的行為負責。

但我的任務真的很重要，我得完成任務，得完成才行。我在心裡不停默念著，我得完成最後的任務才行，這是我最後的機會了。

到底能不能順利完成任務，我不知道，所以我很緊張。我感覺得到自己很緊張，因為我的心臟又加快跳動的速度了。

# 16.

今天禮拜五是陳駿的休息日。

我之所以知道他星期五的行程，是因為這整個學期，他的教練開給他的菜單都是一樣的；而他這個學期，只要有被王釗老師指派來協助我，就會出現在我旁邊。雖然我不知道怎麼跟他聊天，但也能推測出他的田徑練習菜單——雖然我一直覺得很奇怪，為什麼訓練項目和運動排程要被稱之為「菜單」，菜單明明就是用來點餐的。而且如果點了菜單上的東西，應該要付錢才對，陳駿可沒有付錢給教練，教練是學校出錢請來的，這我知道。

他在休息日的時候，都會在自習時間去圖書館看書，王釗老師曾經在全班面前稱讚過這件事情，我記得很清楚，所以我猜想，他現在人應該正在圖書館裡頭。

我走進學校圖書館，見到圖書館的管理員林阿姨，對她點頭，當作打招呼，我知道這種打招呼方式，我有看過其他老師這麼做過。我模仿過幾次，都沒有挨罵，我就知道這個方法是好方法，而且可以不用發出聲音，也不用思考要用什麼方式開啟話題，我喜歡這樣。

林阿姨也對我點了點頭，她知道我今天不是來工作的，因為今天還沒有到一個禮拜。她說過，不用因為不是執行任務的工作日，就破壞了我在其他時候隨時想去圖書館看書的心情。不過，她並不知道的是，我今天也不是來看書的，我是來找陳駿的。

一穿過櫃台，走向圖書館裡頭沒幾步，最大的桌子那兒，我一眼就能看見陳駿的身影。不過他並不是自己一個人，他旁邊坐著三個女生，她們圍著他，用很小的聲音在講話。我聽不清楚她們在說什麼，因為我跟她們之間有一段距離。

她們幾個看見了我。我不知道該躲起來，還是假裝要去找書，才不會被發現我要找陳駿，不過身體又僵硬住了，動彈不得。她們幾個指著我，陳駿對她們說了些什麼，接著那些女生們就笑了起來。不曉得是什麼好笑的事情，但對我來說應該都不好笑，我身邊很少有人會講真的讓我覺得好笑的事情。

我現在不敢過去，因為太多人了，我閉上眼睛，讓身體轉了半圈，接著再睜開眼睛，如此一來，我就能動作了。我走向雜誌區前方的座位，什麼書也沒拿，坐了下來。不過我有東西看，我從口袋裡拿了出來，把它攤開，將裡面的文字反覆看了好幾遍。

紙上的文字烙印在腦海後，我抬頭看了看時鐘，已經過了大約二十分鐘，陳駿身旁的女生們剛好起身，她們應該是準備離開了，只剩下陳駿一個人還坐在位置上。那幾個女生是別班的同學，也是三年級的學生，我放學和下課期間有看過好幾次，但我從來沒跟她們講過話，我幾乎跟學校的任何人都沒有講過話。

她們三人經過我坐著的這個位置，我趕緊低下頭，看著自己的手，並祈禱她們不要來找我搭話。我可以聽見她們壓低音量後的笑聲，從腳步聲和笑聲聽來，她們應該邊笑邊走遠了。我抬起頭來，果真是如此，鬆了一口氣。

我看向陳駿坐著的方向，他已經在看書了。他看著書本，把東西書寫到另一個地方，看起來很認真。他的考試成績是因為他有書寫的關係才會那麼好嗎？我忍不住心想，我是不是要模仿他，才會讓我的考試成績提升。畢竟我這段期間也在努力看書，但我不會書寫下來，我會用螢光筆在書上把重點畫起來，可不知為何，試題上的題目，我還是會答錯，可能陳駿的方法比較好吧，我想。

我鼓起勇氣，走向陳駿。該講什麼話，我已經反覆在腦海中練習了好幾遍。應該沒問題吧，應該沒問題，我在心裡給自己打氣。

我走到陳駿身旁，他依舊沉浸在看書的動作當中，沒有注意到我。

我拍了拍他的肩膀，他轉頭看向我。

「喔，嘿，盧，」他放下手上的筆，深吸了一口氣，然後又吐了一口長氣，像是在嘆氣一樣，「盧，我現在有點忙，妳有什麼事情嗎？」

「唔，你、你不要破壞我的任務，唔，我知道你一直在搗亂。」我壓低音量講話，因為這裡是圖書館，圖書館請保持安靜。

「哎呀！」他放慢速度，拍起無聲的掌聲，「我還以為妳永遠不會發現呢！」

「唔，我，我有發現。」我從頭到尾都看著他的課本，他的課本裡沒有什麼畫記的記號，只有少少幾條線，跟我的塗滿了螢光筆的課本不一樣。但，即使我沒有直接看著他，我的眼角餘光依舊讓我知道，他正在開朗地笑著。他總是這個表情，我很討厭他露出這個表情。

「你不要，唔，你不要破壞我的任務，我知道你一直在，一直在搗亂。」我又重複了一次，因為他只是笑著，沒有說別的話。

我說話後，將眼珠子稍微移過去一些角度看向他，他緩緩點著頭，而且點了很多下。

沒想到這麼容易，太好了，我的計劃成功了。

我轉過身，這樣我可以離開圖書館了。

我寫了很多張紙，才把我要說的這句話給完整定案，房間垃圾桶都要被我寫不好丟掉的紙張給堆滿了。這樣也不枉費我思考了一整個晚上，這就是我想到的辦法，我真是太棒了，我忍不住替自己開心。

「我不要。」陳駿說。

我停下動作，其實我才走到桌子另一端而已，但我不敢再走，因為我怕聽錯了。

「唔，唔，」我走回他身旁，想要確認他在說什麼，我還是只敢盯著他的課本看，「你剛剛說什麼？」

「我說，我不要，我不要聽妳的。」他把身子轉正面向我。

糟糕了，我整個晚上思考的計畫裡面，只有什麼樣的句子適合開啟話題，沒有想到如果被拒絕要怎麼辦，因為我已經用了不是問號結尾的問句了。通常不是用問句，別人就不用回應才對，但是他說他不要，他說不要的話，那我，我，我要回房間再想別的句子嗎？可是——

「來，妳坐一下。」他把他旁邊的椅子拉開。

我不知道現在該怎麼辦，所以先照著他的話，就這麼坐了下來。

我們面對面坐著，圖書館很安靜，但我覺得我的腦袋裡面都是滿滿的聲音，每一個聲音互相吵架，因為意見不一致，而且都不是好意見，我覺得很混亂。

「盧啊，嘖嘖，盧，妳知道嗎？我不想幫妳拿到什麼徽章，我也不想當妳的什麼小幫手，因為那樣太無聊，又太浪費時間了，我不做浪費時間的事，」他將身子往前一點，我們膝蓋就快要碰在一起，但我沒有心力感到緊張，因為我已經夠緊張了，但現在的感覺，用緊張這個詞來形容好像也太不夠。「但是，偷偷阻止妳，讓妳一直失敗，真的很好玩！」

他身子向前傾，對著我笑著。我看著我們兩個人的膝蓋，總共四個膝蓋，我不用抬頭都知道他現在的表情是嘻皮笑臉的。

「有聽懂嗎？我用妳的句子好了，妳聽好了，我會，一直搗亂妳，也會破壞妳的每一個任務。這樣有理解嗎？我的好同學。」

他笑著繼續說，「接下來我會把妳整理過的每一本書，全都擺到其他地方去，像我上次偷偷做的那樣，然後林阿姨就會發現妳根本在亂搞一通；除此之外，我還會叫班上大家一起借一大堆一大堆的書，然後集中在某一個時間還書，讓妳來不及整理；在妳整理的時候，也會有其他人幫我去把妳的書架搞得一團亂。啊！還有，我還會很貼心，幫妳把書架上的書全部再拿下來一次，這樣林阿姨又會崩潰一次，哇，這下就精彩了！有沒有很好玩？」

「唔，唔，我，我，」我現在終於明白，他的說話口氣和說話內容是完全相反的，他一直都用這樣的方式對我講話，難怪我會覺得很奇怪、很混亂，「我要跟，唔，我要跟老師說。」

「小傻瓜，」他張開雙手，攤在半空中，「當然可以啊！」

我沒有很明白，我看著他的課本，可以感覺到我的眼珠子在快速地打轉著，因為我思考不出什麼頭緒，我只是自然地做出反應。從小到大，只要是負責照顧我的人，都會跟我說，如果遇到困難，就跟老師說，如果有不懂的事情，就跟老師說，因為我有自閉症。我很難自己解決問題，但是我有很多好幫手，尤其是老師，只要跟老師說，大部分事情都能夠得到良好的協助。

見我沒有說話，陳駿一隻手放在嘴巴旁邊，做出要講俏俏話的樣子。

「妳可以跟老師說，看是跟，王釗老師、黃老師、楊老師，還是教官，都可以呀！啊，妳也可以跟劉老師說。」

被他提醒，我這才想起來，我可以把他欺負我的事情跟劉君老師報告，我還可以跟王釗老師報告，這樣一來，大家就會知道他是壞學生，他們就不會再喜歡他，而且，他會被處罰。因為做錯事情都會被處罰，而且他還沒十八歲，所以老師們要負責教導他，透過懲罰，他就會學習到，不可以對別人不禮貌，或是做出不對的行為。

「妳去跟每一個妳看到的老師報告，報告我有做錯事，我覺得很好！」他語氣興奮地說，「然後妳會發現，他們每一個人，都不會相信妳，只會覺得妳搞錯了，搞不好還會要妳跟我道歉。」

我愣住了，我完全沒有想過這個可能性，但他比較懂交朋友的事情，或許他說的是真的。我的腦袋已經快打結了，雖然我不喜歡這個說法，腦袋怎麼可能會打結，腦袋又不是繩子，它既不是尼龍繩，也不是童軍繩。但是，我的腦袋現在可能真的打結了。

「以特教生來說，妳真的，長得漂亮過頭了。」他睜大眼睛，盯著我的臉看，「其實，我不是不能認真協助妳拿到徽章，我看妳把圖書館的書整理得滿好的，林阿姨目前沒有任何抱怨。」

「唔，唔，我喜歡圖書館，我喜歡圖書館的工作。」我咕噥道，一樣低著頭，不敢看著他。

「要嗎？妳想要我幫妳拿到最後這個任務的徽章嗎？」

「唔，唔，我，我想要拿到徽章。」我說。

「好，可以！我就幫妳拿到徽章吧！」他說。

「唔，唔，唔，」我不敢相信我聽到的，「真的嗎？」

「嗯！真的！」他說。

「唔。」

「只要，妳說，妳想要我，想把裙子掀起來讓我摸，因為妳太喜歡我了。」

我一定是腦袋真的打結了——雖然一個人的腦袋是不太可能會打結的——因為我只有在影片裡聽過這種句子，這次我第一次聽到別人對我說出類似的話。

「可是，我，我不喜歡你。」

「那真的很可惜欸，妳要說，妳喜歡我，想要把裙子掀起來讓我摸，」我眼前的畫面，出現他的手。他先是將他的雙手放在自己的大腿上，接著，一點一點往膝蓋靠近，然後，我還來不及想好我要怎麼動作，他的手指頭已經碰上我的膝蓋了，但是他的手掌還在他自己的膝蓋上。因為我穿的是裙子，所以膝蓋是露出來的，他把手指頭貼在我的膝蓋上來回畫圈。

「妳這樣說出來，我保證，不會再破壞妳的任務，喔不只，我還會想盡辦法，讓妳真的拿到徽章。徽章很重要，對吧！我知道這是最關鍵的一個學期了，我們是好同學，當然要互相幫忙。這就是妳可以做的，知道嗎？」

我的全身僵硬，僵硬得比以往都還要強烈，我可以感覺到肚子裡面在胡亂攪動一番，很不舒服，我很不舒服，非常不喜歡這個感覺。可我又動彈不得了，我完全不知道身體要從哪裡開始動作，因為我根本沒辦法動作，我好像忘記要怎麼移動身體了。

「下禮拜五晚上，回收區旁邊的儲物間，那裡的攝影機都壞了，記得嗎？」他把手收了回去，輕輕說。

我不發一語，因為全身僵硬的關係，我連發抖都沒有，但我快忍不住了，我想跑走，我想動起來。

「禮拜六是我的比賽，那個禮拜也是我的生日喔！禮拜五晚上來幫我加油打氣和慶生，很棒吧？徽章的事情就交給我，不要擔心了，小傻瓜。」他摸了摸我的頭，對我笑一下，接著收了收東西離開座位。「妳決定好了就跟我說。」

他起身，離開座位，我都杵在那裡不敢動作。

遠遠的，我聽到他跟圖書館的林阿姨道別，兩人小聊了一下，不知道在說些什麼，接著兩人互道再見，他離開了圖書館。

我全部的身體忽然自動放鬆下來，我跌坐在地上，頭不小心撞到了桌子一下，我大口喘著氣。

林阿姨小跑步到我身邊，「啊唷！怎麼會這樣，阿年妳怎麼了？要不要緊？」

我繼續喘著氣，一句話也沒有說。

「陳駿說妳可能需要協助，我就趕過來看，妳怎麼就坐在地上了！來，我們先起來，阿姨陪妳去找護理師，好嗎？來。」黃阿姨溫柔地說。

我搖搖頭，在阿姨攙扶之下站起身子。本來想說點什麼，但我還是作罷。

在林阿姨又要開口之前，我就跑掉了。

# 17.

「阿年，阿年！」

回神過來，我已經出現在輔導室裡。

「阿年！」劉君老師說，她的手在我面前揮啊揮的，我很常看到別人在我面前揮手，因為有時候我會停下來思考事情，導致回應別人的速度太慢。大部分人都可以在幾秒鐘內就想好要回應別人什麼，我不太擅長。

「唔，唔，老師。」我搔了搔頭，「老師，唔，我們剛剛，剛剛說到哪裡了？」

「我們剛剛說到，妳在王釗老師辦公室發了一頓脾氣呢！」

「喔，唔，對。」

沒錯，對對，明明才剛剛發生的事情，但是我的心情太煩躁，實在太煩躁了，所以變得只記得片段了，應該是這樣吧，我也不確定。我知道大學有相關的知識，但那要考上大學才有機會學習到。

我到辦公室發脾氣，也才剛剛發生的事情而已，怎麼感覺上像是過了很久很久的樣子。

我剛剛到了王釗老師的辦公室，看見他坐在位置上，就快步上前，一下子說了很多話。他的眉頭皺了起來，印象中他的表情也是變形得很誇張，我一看就知道那是很不開心的表情。他也跟我講了很多話，我們兩個，你一言我一句在辦公室大聲說話，所有老師和學生都在看著我們。

我記得，有一些句子在我們的對話中出現過，但是順序是怎麼樣我不記得了。

「我不要陳駿當我的小幫手」、「是他害我拿不到徽章的」、「他說他會幫我拿到徽章但是我要喜歡他」、「他是惡魔請老師不要相信他」、「我不要他的任何幫忙」、「王老師是共犯因為你縱容他做壞事！」、「他跑得很快可是他是大壞蛋！」、「妳腦袋清醒一點」、「沒有人看著妳難道妳有辦法完成事情嗎？」、「他可是特別撥出時間妳以為他很閒嗎？」、「他願意幫忙根本就是奇蹟了妳還在這邊鬧脾氣！」、「他是一隻壞獅子！壞獅子！」、「妳自己搞砸事情還怪到別人頭上！」、「妳還要不要做任務我都隨便妳！」、「妳再大鬧下去我就要報警把妳送到醫院急診去！」、「他就是妳這段時間的小幫手學期都要結束了妳還鬧！」

腦袋裡面這些句子都好順暢，但是在現場我應該沒有辦法像這樣把句子完完整整說清楚，總之，我們在辦公室大吵了一架。我這次不只是堅持自己的想法，還把可怕的想法都講了出來，我第一次這樣。其實我不喜歡自己這樣，但我實在是太不舒服了，而不是因為我很開心。

後來我開始尖叫，就被送去保健室，等到停止尖叫後沒多久，才被送來輔導室。

因為這樣，所以今天雖然不是星期四，但我還是出現在這裡。

但我剛剛整個人進入呆滯狀態沒有說話，是因為我腦袋在想著剛才在辦公室，王釗老師氣憤之下脫口而出的事情：「陳駿當妳的小幫手，這樣有助於他推甄，協助特殊生才能拿到這個額外的加分，他為了這個還得要另外找時間抽空去看妳，妳自己不想加分就算了，不要把我們最好的學生也跟著拖累！」

因為陳駿也是高三生，所以他也需要推甄，如果他幫助我，那就表示他在協助特殊生，協助特殊生對推甄的資料準備會有幫助？我覺得心裡面很不舒服，不知道是因為被瞧不起，還是覺得哪裡不公平，但我說不清楚，只覺得很不舒服。他做了一件善事，大家要因為這樣幫他加分嗎？的確是，大家都喜歡那些會做善事的人；而我是需要被幫助的人。但是，我就要沒辦法加分了，因為直到現在，我都還沒成功完成任何一項任務，如果不答應陳駿的奇怪要求，他接下來還會繼續破壞我的圖書館任務。他會把書全部放在不對的地方，或故意把書全部拿下來，假裝成是我做的，讓我被痛罵一頓，然後再度被開除。

陳駿明明就是壞人，王釗老師還是要讓他在推甄的時候加分，讓他有好的大學可以念，我不喜歡這樣。而且，而且，我越想越生氣，難怪他要拍照，才不是要紀念新的學期開始，我都想到了，那是為了要推甄用的照片。因為陳駿協助特殊生，所以要當做佐證資料交上去。我也有交過類似的資料，拍照是一種記錄，不然別人不會相信你真的有做過，難怪這學期王釗老師決定要再讓我挑戰一次任務，根本不是因為他在乎我，而是他這樣可以順便讓陳駿有機會加分成功。陳駿也有自己的任務，他的任務比我的任務還要來得重要許多。

我揉了揉太陽穴，這些事情讓我好難思考，我可能需要繼續蹲下來，或是跟劉君老師說說話，不過我已經在輔導室了，所以不需要蹲下來。忽然，劉君老師拿出我上次借用的兩隻娃娃，獨角獸和獅子。

「老師聽起來，妳跟陳駿兩人有不開心的互動，對嗎？何不我們演練一次呢？」

「唔，唔，嗯。」

我一直很喜歡劉君老師拿一個娃娃，我也拿一個娃娃。這種時候我會覺得很輕鬆，因為劉君老師很擅長想像，我不擅長，我只能想出曾經發生過的事情。

我們就這樣拿著娃娃，互相講話，當作對方是活著的生物，就像我在房間做的那樣，只是她做得比我更好，所以有點像是在看一場戲一樣。

劉君老師跟我做過好幾次的情境演練，我們都是透過娃娃來練習，她說這樣不僅有助於思考，也有助於讓壞情緒消散掉。我同意她的說法，因為我有試過好幾次，心情真的都會變得比較好，而且這些娃娃都好可愛，我很喜歡。

可是這次我不喜歡了。

我以為我還是很喜歡，可是我們的演練，到後來變得很奇怪，我不喜歡這樣。

劉君老師晃著那隻獅子，說：「所以，獨角獸是不是要跟獅子道歉呢？」

「獨角獸，唔，獨角獸不想要，唔，對獅子道歉。」我的表情應該有變化，我感覺自己又皺起眉頭，我真的很傷腦筋，很困惑。

「可是，獅子一直被獨角獸誤會，獅子也會傷心。獨角獸難得交到朋友，應該要在吵架後試著跟朋友和好才對，請獨角獸好好道歉。」

「唔，我，我不知道——」我站了起來，把獨角獸舉著，對著劉君老師說：「我不要，唔，我，我不要！我不要！獅子不是朋友！獨角獸為什麼要道歉！都是獅子的錯！」

「阿年！妳怎麼可以這樣！」劉君老師把獅子娃娃給放下來，用她自己的表情跟我說話，「陳駿同學是真的花了很多時間陪著妳做那些任務，妳知道他下禮拜就要比賽了嗎？要是——」

我退到角落去，把耳朵摀起來，不想聽她說任何話。我很不開心，沒有這麼不開心過。這裡不是輔導室，這裡是另一個不開心的地方，我不喜歡這裡。可是，因為劉君老師坐在靠近門口的地方，所以我沒辦法從那扇門衝出去，我只好後退到牆角待著。

過了很久，她一直都在座位上，她看起來很不開心，但我也很不開心。我瞪著她的臉，我之前不會這樣，我也被自己嚇到了。我們就這樣互相僵持，她沒有動作，我也沒有動作。直到鐘響了，劉君老師才站起身來，把她身後的門給打開來，做出請離開的手勢動作。我一看到那個手勢，就往門口衝出去，衝過去的時候手肘撞到了門，痛得我大叫了一聲。走廊上的同學紛紛看著我，但我趕緊低下頭，裝做誰也沒看到。

放學時間一到，我拎起我的書包，就逃出教室了。

校門口的警衛才剛舉起手來要跟我搭話，我就已經穿越過門口。不過他每次對我打招呼，我之前從來就沒有理會過。

我一路低著頭回到家。

家樓下又出現一個箱子。

只要我白天有發生不開心的事情，樓下就會出現這個箱子。我到現在還是不知道，這個箱子是誰送來的，但是我沒有心力管這些，我連學校的事情都管不好了。

這次的箱子沒有很重，我應該可以很輕鬆搬上樓去，我剛把箱子抬起，阿嬤就在我身後出現。

「阿年啊！小寶貝！」

我嚇得差一點把箱子給扔到地上，還好沒有發生這種事情，我的眉頭皺在一塊兒。

「唔，我不叫，唔，小寶貝，我叫阿年。」

「好好，阿嬤叫妳阿年，」阿嬤走在我後面，因為我沒有停下腳步，而且往樓上的路很窄，無法讓兩個人並行，「妳今天很早就到家欸，妳之前都這麼快就到家嗎？」

「沒有。」

「啊這個箱子是幹嘛的？」

「唔，我，我不知道。」我撒謊，我很不擅長說謊，但我不想浪費力氣跟阿嬤解釋這些東西。

「有人寄禮物給妳喔？阿年交朋友啦？」

「我沒有，唔，我沒有朋友。」

「那哪來這麼大一箱的東西？妳從學校帶東西喔？」

「沒有。」

我們一路走到三樓，阿嬤不斷問問題，我就都沒有回應了，因為她實在問太多問題了。我將箱子放下來，拿出鑰匙要打開門，回頭要再拿起箱子的時候，看見阿嬤蹲下來在觀察我的箱子，還伸手去觸碰。

「阿嬤妳，唔，妳不要碰我的東西！」我大叫，因為我們在大樓裡，整個樓梯間都是我的聲音。我把箱子搶了過來，走進家裡。

「妳怎麼這樣子說話！阿嬤只是看一下而已，妳是會少一塊肉還是怎樣！」

「唔，唔，妳不要碰我的東西這是我的東西，妳不要碰我的東西！」我很生氣重複著。

「欸，小女孩，妳再這樣講話，我週末就不帶妳出門了喔！」

「我，唔，」我把房間門鎖打開，把箱子放了進去，接著看著地板，原地踏步，我大聲叫喊起來，因為我實在是受不了了，「我叫阿年，唔，我叫阿年！阿年不叫小女孩，不叫小傻瓜！叫阿年！阿年！」

「阿嬤真的會發瘋，妳每次都這樣，這樣住在一起——」

「我不要跟阿嬤住，唔，唔，我要跟媽媽住，我要跟媽媽住！等到我去了大學，就不用跟阿嬤住了！唔，我可以，我可以去找媽媽！」我氣憤地在空中揮舞拳頭。

阿嬤忽然不講話，她動作很大地回到自己房間去；我也不想理她，回到我自己的房間裡去，把房間門關上，鎖起來。

但我還是聽得到外面的聲音，我聽到她拿東西的聲音，還有她生氣而用力踏地板走路的聲音，好像還有她哽咽吸鼻子的聲音。但我不在乎，反正她就是這樣，每次看到她我就心煩，她只會讓我不開心，每天就想著要管我，管東管西的，煩死了，我皺著眉頭，很用力地皺著。

我把黑色小包包拿起來，抱在胸前，接著坐在床邊前後搖晃我的身體。

一整天下來，我實在是太累了。上午跟陳駿在圖書館，下午跟王釗老師在辦公室，然後又跟劉君老師在輔導室，好不容易回到家，卻又要跟阿嬤在家裡。

我晃著我的身體，一下就感覺到睏意在全身蔓延開來。我睡著前，聽見家裡大門關上的聲音。

# 18.

我哭著醒了過來。

我夢到媽媽死了，全身都是一個一個的破洞，躺在地上一動也不動。我不要這個樣子，我不要，我抱著我的頭，蹲下來大叫，眼淚不停從眼珠子流出來，因為太難受了。我一直叫個不停，接著，我就在我的尖叫聲中驚醒過來。

醒來後，我發現我倒在床邊，我連上床都沒有就睡了過去，今天實在是太累了。

我已經很久很久沒有做惡夢，就連在學校遇到很多讓我覺得很困難的事情，也都沒有。我其實想不太起來上一次做惡夢是什麼時候了。

我看著眼前的那個箱子，那個箱子還沒有被整理。

我想過要去調查清楚，關於箱子到底是從哪來的這件事情。我從沒看過任何人把箱子放下來的那一瞬間，箱子也從來沒有寫上寄件人的相關資訊。到底是誰把箱子準備好拿來的，我確實有些好奇。

我想到的辦法就是，加快回家的速度，由於我從沒這樣試過，所以很值得一試。

有一次上課鐘響，我裝了水，回到教室後，聽到同學很明顯的竊笑聲。雖然我不明白他們在笑什麼，他們每次都會做出我不明白的行為，但這種時候，通常對我來說都不是好事。

我回到座位上發現，我的桌面上有一隻蟬殼。

我還在納悶之餘，老師剛好也走進教室裡。那是英文老師，她個子嬌小，嗓門卻很大，我很喜歡她的英文發音，但除了交作業和上課之外，我跟她之間並沒有任何其他互動。

我把蟬殼拿到手上來。我並不討厭，甚至有些喜歡蟬殼，我覺得它們很漂亮，蟬總會在樹上留下自己完整的殼，這一點讓我覺得很神奇。我想不通牠們是怎麼脫掉這層殼而不把殼給弄破的，簡直像是魔法一樣。

「啊——！」教室前方傳來響亮的叫聲，我嚇得縮起身子來，其他同學也跟著安靜了下來。

我隨著聲音看過去，原來剛才是大嗓門的英文老師發出來的叫聲，她露出我沒有看過的表情，我無法辨認那是什麼情緒。

「我不喜歡，天啊！這是誰的、誰、誰來幫我拿走——！」她後退到黑板去。

此時陳駿一個箭步跳到台前去，他動作俐落將桌上的東西集合起來，再脫下自己的外套，把桌上的那些東西全都用外套打包起來。桌上的東西不知道是什麼，從我的方向看過去看不太清楚。

「欸同學們，這個玩笑太過份了吧，」他一邊確認桌上的東西都沒有了，一邊像是另一位老師一般說著，「Albee老師就會怕，還有人故意放一堆蟬在這裡，這樣一點都不好玩。老師，桌上應該都沒有了，我待會拿去外面草叢裡。」

英文老師驚恐地點著頭。

我仍舊站在位子前，忽然發現，旁邊的同學正伸出手來指著我。為什麼要指著我？我並不理解，我既沒有要發言，也沒有舉手。

全班的視線頓時集中到我身上，我的手上仍舊拿著那隻漂亮的蟬殼。那位指著我的同學把手快速伸向我的鉛筆盒，我還沒反應過來，鉛筆盒已經被打開，舉高在半空中。他將鉛筆盒內的東西全都對著我的桌面倒了出來，然而，令我意外的是，從天而降的並非只有文具，還有滿滿的蟬殼。

我瞪大了雙眼，完全不理解這是怎麼一回事。

「盧，唉，」陳駿在台上，露出皺眉頭的表情搖著頭，「妳再怎麼喜歡，也不能，唉——」

我完全不知道那些蟬殼是哪裡來的，但我不擅長解釋，加上我真的喜歡蟬殼，英文老師似乎誤以為我把一堆蟬殼蒐集來，就為了嚇她一跳，大家都知道英文老師對蟬會感到害怕。

就這樣，英文老師從此再也沒有跟我說過話，就連平常在學校快要擦身而過時，她也會刻意繞開來，跟我保持一段不會接觸到的距離。

當時候，所有同學對著我不客氣地教訓著，好多責罵我的聲音像大海浪一樣席捲而來。我完全沒有辦法待下去，連蹲下去閉眼睛都沒有，就從教室奪門而出了。

這不是我第一次在上課期間逃出學校，但這一次，我才剛踏出校門，就立刻聯想到箱子出現在家樓下的可能性。

雖然我不知道是誰把蟬殼放在我桌上和鉛筆盒裡面的，但我很多時候也都搞不清楚是誰捉弄我，家樓下也還是會出現滿滿一箱。

我想到這個關聯性之後，就開始全力衝刺，跑到喘不過氣，就慢下來改用走路，這是學校體育老師教的，慢慢走總比完全停下來好。

就這樣跑跑走走，我用最快的速度回到家樓下了。

「呼——呼——」我喘著氣，環顧四周，這條路上一個人也沒有。

而箱子還是出現在那裡，等著我把它搬上去。

這一次之後，我就沒有再試著去調查了，反正也是徒勞無功。

回過神來，我還在盯著那個箱子看。窗外的天色已經完全暗下來了，我剛剛睡了一覺，再加上在床邊神遊，應該直接把時間給快轉到八、九點左右了吧，但我也懶得看時鐘。

為什麼會變成這樣呢？我其實不明白。

我只是很嚮往N大學的生活，這樣一來，就可以去找我的媽媽，因為大學生是自由的，我不用住在阿嬤家裡，可以自由行動，想去哪裡就去哪裡。而且我會學到很多知識，很多大學生才能學到的知識，我知道我學得會，我不是個笨蛋，媽媽也相信這一點。

想到這裡，腦海裡又冒出接連失敗的任務，和陳駿跟我說過的話，還有我一直都很喜歡的劉君老師，要我對陳駿好好道歉的事情。想到一半，我發現自己的手已經在拆開今天送來的箱子了。

這次的箱子裡面，塞滿了洋娃娃，一時之間我也數不出來究竟有幾隻，不過她們很顯眼，都是同一款，都是女生，而且沒有穿衣服。我看不懂這個意思是什麼，但是身體似乎看得懂，因為我的全身都開始因為氣憤而顫抖起來。我大力喘著氣，瞪著這些娃娃。

「啊——！啊——！啊——！」我大叫起來，叫得好用力好用力，眼淚不自主地流了出來。

我用力把手伸進箱子裡，隨便把一個娃娃拿起來，我一邊大叫著，一邊用兩隻手，用力地拉扯，把娃娃給折斷。我看著那破掉的塑膠娃娃，她雖然一絲不掛的，但臉上還掛著笑容，看起來非常詭異。娃娃奇怪的樣子就像我最近一直聽到的奇怪的話語一樣，我看不懂，也不知道。

我把折斷的娃娃用力往窗邊摔過去，她撞到牆壁和窗邊，身體兩半剛好落在床上和地上。

我把每一隻娃娃都拿了出來，用最大的力氣扯斷她們，她們一點反抗也沒有，就這樣被我給折斷，而且還保持禮貌的微笑。

「不要再笑了！不要笑！不要不要不要！啊——！啊——！」我失去控制地大叫。

很快，每一隻娃娃都被我給折成兩半，摔到房間各個角落。

我把那盒塑膠盒拿出來，打開盒子，取出裡面的控制器，接著把塑膠盒連同小卡片扔到旁邊去，小卡片的內容我看都沒看一眼。

我腦中又浮現陳駿在圖書館看著我，對我說話的畫面，還有那四個膝蓋，和他步步進逼的手。

控制器上，跟先前的一模一樣，除了一個按鈕之外，其他什麼文字或機關也沒有。我把控制器舉起來，我可以清楚看見我的手在發抖，因為我的手在發抖，控制器也跟著晃動不已。

我將控制器反著拿，讓前端對準自己的胸口。

我深吸一口氣，將按鈕給按了下去。

按鈕發出小小的聲音。

我低下頭，四處找尋黑色小包包。我把各個破碎的洋娃娃大體用手推開，找到了那個小包包。我趕緊抱在懷裡，接著慢慢在靠床邊坐了下來。

我就這樣坐著，等著。

我抬頭看向牆上的時鐘，然後閉上眼睛，晃動著我的身體。我抱著黑色小包包的手，縮得更緊了。阿嬤有試著要這樣抱我過，但我把她推開好幾次，因為我不喜歡別人抱我，我只喜歡自己像這樣抱著包包。但我現在希望包包可以更大一點，因為太小了，我沒有完全抱緊它的感覺，要靠想像才行，可是我不擅長想像，所以很奇怪。但是，我不擅長的事情真的太多了，光靠我自己，沒有辦法解決問題，沒有辦法叫陳駿停下來，也沒有辦法如願得到徽章。

不知道我維持這個抱著包包的姿勢多久，我抬起頭來，看向時鐘，已經過了一個多小時，但是身體卻一點反應也沒有。是不是我剛剛沒有按確實，不對啊，我剛剛確實有聽到按鈕按下去的聲音。

我又把控制器拿起來，確認前端的位置後，對準自己按了下去。我一連按了十下。

我把媽媽的信件拿出來閱讀，反正現在也只能等待。

等我把全部的信件閱讀完一遍後，再次看向時鐘，又過了一個多小時，可是身體卻還是一點反應也沒有。

我拿出剛才被我扔掉的塑膠盒，將裡頭的小卡片取了出來，想看看我使用的方法是不是錯誤了，然而，小卡片上面清楚寫著，「使用方法：對著任一人類，按下按鈕」。

對啊，我算是人類吧？既然如此，應該要出現效果了呀。這個的效果是……我重新確認一次，上面寫著，「每十分鐘，消失任一個身體內臟」，但我的內臟可能都還在，因為我現在還活蹦亂跳的，我摸摸胸口，心臟也還在跳動。

我把所有控制器全都從書架上倒下來，接著把每一個控制器全都對準了自己，輪番按下上面的按鈕。全都按過一輪之後，我又等了一個多小時的時間。

不過，我現在也想起來，試用品被警察局的胡叔叔按下去的時候，唯獨我一個人沒有受到影響，我那時候，身體一個破洞也沒有出現。箱子是屬名要給我的，應該就是要讓我去對準別人按下按鈕，而不是對準自己。所以，不論怎麼對準自己，都不會出現效果。

一股氣餒還是氣憤的感覺湧上心頭，我躲到棉被裡，把自己全身上下都埋起來，在棉被裡面大叫著，眼淚一直流出來，滴滴答答的，床套都被我用溼了。

我叫到喉嚨開始有點乾癢，也哭累了的時候，才把燈給關上，在棉被裡睡著了，直到起床的時候，阿嬤都還沒回家。

# 19.

我是清晨五點起床的，昨天窩在棉被裡的時候，也不曉得是幾點。房間到處都是東西，有娃娃碎塊，還有一堆塑膠盒，和同樣被我亂丟的一堆控制器。一大堆足以毀滅全世界人類的控制器。只要按下去，所有人都會很快死去，真的很方便。

不用被阿嬤管，不會被阿嬤唸；同學不會嘲笑我，再也沒有人會嘲笑我；很安靜，很安全。

但，只有我死不了，因為控制器對我無效，不管怎麼按上面的按鈕都一樣。應該要等到食物都沒有了，或是不小心被車子撞到了，我才會死掉。但是那可能還要一陣子，因為，超市裡面有很多食物，那些很方便的食物可以讓我撐一段時間。加上，到時候可能一輛在路上行駛的汽車也沒有，過馬路的時候會變得一點也不危險，我要死掉的機率就更低了。

但是媽媽可能也會死掉，媽媽住在台灣，從這裡到台灣各地，每個被傳染的人都會死掉。

我把黑色小包包揹在身上，打算今天一整天都這樣。今天是禮拜六，不用去學校，反正也死不了，那就揹著包包，因為這樣做我心情會很好，於是就這樣做了。

我折騰了一個晚上，肚子餓壞了，現在這個時間應該要吃早餐。但我知道阿嬤不在家，因為我剛剛一出房門，就把家裡面四處都走過了一遍。不像上次用了試用品的控制器之後那樣，阿嬤這次也不在她的房間裡。

我以為客廳會擺好生活費，阿嬤只要出門都會把生活費給擺好，但是阿嬤這次沒有放生活費在客廳。我想她是忘了，因為她那時候在跟我吵架，她離家散心之前，只記得帶她需要的東西。

但是這樣我會沒有東西可以吃，現在也還不是真的世界末日，外面的超市和便利商店都還有店員，我如果要吃裡面的任何食物，就得要把錢給準備好才行。

我再一次走進阿嬤的房間，我在想她或許有把一部份的錢放在裡面。畢竟這裡是她的房間，房間就是拿來放一些私人物品或是重要物品的地方，像是我的黑色小包包和不想被別人看見的控制器，都是放在房間裡面。但是阿嬤沒有鎖自己的房門，她一直都沒有把自己的房門給上鎖，這是她的習慣，我也不管她。

我走向她的梳妝台，把一個一個抽屜給打開，翻找裡面的東西，把擋住視線的東西全都取了出來。

其中，梳妝台最下方那格最大的抽屜很重，我將它猛地拉開，抽屜衝撞出來，發出很大的聲響。每次阿嬤都說我不會控制力道，常常做事情都太用力，可是這真的很重，不用力的話要怎麼打開。

抽屜裡，我可以看到一疊一疊的紙，還有空白信封袋。

我把那疊紙也拿了出來，因為我要找零錢，或鈔票，只要能讓我去買食物就好。抽屜被我清空後，我還是沒有看到零錢或鈔票。我把那疊紙放回去抽屜，在放的時候剛好注意到，紙上寫了很多東西。剛剛為了找錢，我完全沒有注意到上面寫了些什麼。

沒想到，紙張最上面一行的開頭，居然寫著：「我親愛的寶貝，盧年：」這幾個字。這不是我的名字嗎？這是我的東西嗎？對，這是我的名字，跟我同一個盧，也跟我同一個年。

然而紙上面不是只有寫著我的名字，還有很多內容，大致上提及了媽媽在北部工作，要我不要擔心，媽媽很替我開心，還有給我加油打氣的祝福話。這些句子我很熟悉，這是媽媽寫的信件，然而，沒出現幾句話，就有一些句子被畫上橫線，橫線穿過那些文字，表示筆者寫錯了，想要塗改掉。

可是，筆者是媽媽，媽媽不是在台北嗎？那這封大家會稱呼為草稿的信件，怎麼會出現在這裡？媽媽寄信給我的時候，裡面一封草稿也沒有附帶，我是很清楚的，因為每一封信我都會自己拆開，而且反覆檢查好幾遍，就怕遺漏了媽媽寄來的其他東西。

這個草稿紙，出現在阿嬤的梳妝台抽屜，到底為什麼會這樣？是媽媽把寫到一半的信，寄來給阿嬤這裡的嗎？但是這樣不合理，因為每次信封袋裡，都沒有這些草稿紙。

這些字，我都認得，我是說，我都認得這些字跡，這些字被書寫的樣子，我都清清楚楚地認得。我的腦袋冒出這個疑問的時候，就又自動冒出一個答案。是那樣嗎？該不會就是我現在腦袋裡面想的這樣？會有這種事情嗎？

我把這張草稿紙拿在手上，快跑到客廳，途中撞到垃圾桶和電風扇，但我顧不得那麼多，我一眼就找到，攤在沙發上的報紙。我把報紙翻開，每一頁都翻過一遍，終於在健康專欄那篇的頁面，找到了手寫字。阿嬤習慣在閱讀報紙的時候，一邊在旁邊空白處寫上她認為的重點。

報紙上的空白處，手寫著一句：「心理健康了，才不會那麼辛苦。」

我把草稿放在旁邊，草稿的某一段，有一句寫著：「妳辛苦了。」

兩邊的「辛苦」，這兩個詞，居然長得一模一樣。

「辛」這個字的尾巴，跟年這個字一樣，直挺挺的，它貫穿了整個本體的下半部，就像一把鋒利的劍。

一把鋒利的劍，向下刺去。

我喜歡這把劍，喜歡好久了，我一直以來，都很喜歡這把鋒利的劍。

這把劍現在就在客廳。

# 20.

我現在好混亂，從沒有過這種感覺，我覺得這一整個學期，都在體驗以前沒有體驗過的很多感覺。太多了，我覺得我沒有辦法一次接受這麼多新的體驗。因為我的身體告訴我，我不喜歡。這個身體似乎全身上下都在尖叫，只是沒有發出聲音。就像我在電影裡面看過，被變態殺人犯擄走後，全身綁上繩子，嘴巴眼睛被遮蓋住，只剩鼻孔和耳朵能與外界通聯那樣。

我需要，我需要什麼，我不確定，但我——

我的身體正在往外走，往外，對，往外，阿嬤家，我的房間，以外的地方，就叫做外面。我透過眼睛看見的畫面告訴我，我的身體正在往外走。

我需要離開這裡。

我的身體自動走在熟悉的街道上，我明明沒有說要去哪裡，可是身體好像被設定了自動導航一樣在前進著，我也不知道身體會這樣運作，可能等到我有機會上了大學，這些事情就會學到了。

我經過了常經過的店家，那些人沒有跟我打招呼，我也不想跟他們打招呼，我一直都是這樣。我低著頭走，現在是星期六的一大早，但我沒有在這個時間來過這裡，通常我都是位在往學校的路線上，或是往早餐店的路上，而不是這裡。但我現在沒有想要吃早餐了，我的身體是這樣告訴我的。

我走著，一直低頭往前走著，遇到斑馬線的時候，我會快速抬頭看一下又把頭低下來。如果抬頭的時候，行人燈號顯示紅色，我就停下來等一下。幾秒鐘後我會再抬頭，如果還是紅色的，那我就再低下頭等一下，直到抬頭時，看到燈號轉變成綠燈為止。綠燈的號誌就表示我可以行走了。

但是行走的時候，不代表一定是安全的，這是我在新聞中看到的，有的人，即使是在綠燈的時候走在斑馬線上，最後仍然被車子給撞死了。這是一件很奇怪的事情，我不喜歡這樣。車子不能過來不是嗎？車子能過來嗎？我記得不行，這樣子聽說會被罰錢，如果附近警察剛好看到，也會把這樣行駛的車子給攔下來，讓他們接受自己應該接受的懲罰，對，因為他們已經是大人了，所以不管是付錢，還是被銬上手銬帶走，他們都要為自己的行為負責。

我一邊想著這些事情，一邊任由身體帶著我向前走去。我有點好奇身體會帶我走去哪裡，因為我現在沒辦法好好靜下來決定，我沒有辦法好好指揮身體。我喜歡想著這些事情，如果我不想蹲下來閉上眼睛，我就會想著這些事情，讓我心情不那麼糟，讓我可以不用看著身體以外的那些讓我煩躁的東西，或是人。大多時候是人。

但是身體忽然停下了，喔不完全停下來，身體在同一個地方左右左右走著，來回踱步。這跟我在房間時會做的行為一樣，但我在房間會這樣通常是因為空間太小了，沒辦法走遠的關係。

我好奇地仔細看了看周遭，雖然我低著頭，但我可以看見，這裡的道路我有印象，但是僅限於這條白線之前，我的身體剛好就位在這條白線裡面。白線外面不遠處，有我沒看過的樹幹和被丟棄的沙發，以前我沒有看過這個沙發，這個樹幹我也沒有印象。

這裡是我沒有來過的地方。

我來回踱步，接著，再來回踱步。

我閉上眼睛，接著又睜開眼睛，但不管我怎麼閉眼睜眼，都在同一個地方。

我不喜歡這裡，這個交界處，交界著我認識的地方和我不認識的地方，這個地方讓我很煩躁。我也不知道，是這個地方讓我煩躁嗎？還是那個沙發讓我很煩躁。不對，其實我喜歡那個沙發，那個沙發坑坑洞洞的，沒有人會想要坐在上面，但我卻會忍不住看向那個沙發，好像那個沙發會讓我很舒服似地。

我蹲了下來。

我就在白線之前蹲了下來。

我閉上眼睛，腦袋裡是白線外面那個坑坑洞洞的沙發，沒有人坐在上面。

我覺得很不舒服，雖然蹲下來有好一點點，但還是很不舒服，焦慮讓我心臟跳動的速度加快了。

我感覺到有人陸續經過我身旁，其實我到現在都還是很不習慣。雖然我會說我好像習慣了，但其實並沒有，每當有人經過我身旁，我知道他們都會偷看我好幾眼。即使我沒有蹲著，都會有這些讓我難以招架的視線，當我蹲下來的時候，視線一定更多。我知道，因為我在蹲下來時睜開眼睛過。

「我要，唔，離開這裡——」我嘴裡唸著，一邊晃著我的身體。

我蹲著，希望我腦袋混亂的漩渦可以平靜下來，就像洗手台的水那樣。我有時候會玩洗手台的水，我會讓水先不要流掉，接著開始攪拌它，讓它變成一個很漂亮的漩渦。

如果我的手不動了，停下動作，洗手台裡的漩渦也會平靜下來，而慢慢變成一座縮小版的湖水。

我可以感覺到黑色小包包貼著我的胸口的感覺，它被我的胸口和膝蓋給夾著，緊緊夾著。裡頭的東西應該都被我壓扁了，但是沒關係，裡面都是紙張而已，紙張再怎麼壓扁也不會受傷。

我本想這樣一直蹲著，直到漩渦停下，直到心臟不要跳那麼快，但沒有，心臟跳動的速度跟剛才一樣，因為我貼著膝蓋，整個人的上半身都被我清楚感覺到，但即使我用黑色小包包貼著胸口，心臟還是很不聽話。

我以為蹲著就會好了。

忽然間，有人靠我很近，我聽到腳步聲就在我旁邊，而且還停在我身旁。

「妳還好嗎小姐？」那人，我不認識的陌生人，將手搭在我肩膀上問。

我沒有回應，只是繼續晃著我的身體。

「小姐？妳需要幫忙嗎？」那陌生人繼續問著，聽起來像一個阿伯。

我將眼睛閉得更緊，只求他可以自己走開，我不喜歡別人碰我，或是問我問題。

「小姐？妳是不是不舒服？」阿伯又伸手碰向我的肩膀，他問：「需要幫妳叫救護車嗎？」

他的手在我的肩膀上多停留了一會兒，我想起圖書館裡面那個令我反感的畫面，我像是被電擊中一樣彈跳開來，頭也不回地逃走了。

那個陌生阿伯沒有對我繼續說話，我也不確定，可能是我逃走的速度太快了，現在太遠了沒有辦法聽見那裡的聲音。

一段距離後，我才慢下腳步。

我直走，轉彎。看見我從沒看過的便利商店，還有奇奇怪怪的建築物。

我走到路的盡頭，離開那條路，然後再找一個可以轉彎的地方，轉彎離開，然後再把路走到盡頭去。

我不知道我會去哪裡，這裡的路已經完全不認識了，而且為了避免再有人像剛才那樣觸碰到我，或是跟我搭話，我也不敢停下來。我的心臟跳得好快，這個感覺一直沒有趨緩下來。

一個轉彎後，我進到一個巷子裡，這個巷子有點窄小，感覺像是兩棟建築物硬是被撐開來一樣。偶爾會有一些機車，緊貼著建築物的外牆停靠著。人能走動的範圍好小，我也不知道自己怎麼會走來這裡。

「我要離開，唔，這裡，唔，我要離開，這裡——」我才發覺我似乎從沒停下唸這句話，可能從剛才蹲下開始就在唸著，也可能從家裡客廳奪門而出之後就開始唸了。但我沒有意識到，我很多時候不會去意識自己的身體在做什麼，它們很常這樣不聽我指揮。其實我也沒有要指揮的意思，只要不要讓我不舒服就好了，但常常事與願違。

由於巷子裡沒有半個人，加上障礙物很多，我沒有一直低著頭。我可以看見，巷口中央，不知從哪冒出一隻黑狗。

那黑狗站得直挺挺的，牠的耳朵和尾巴也豎立著。我應該沒有看錯，牠的眼神，正直勾勾地看著我。我從沒被路上的野狗這樣看過，通常牠們都會識趣地跟我擦身而過。牠們在城市裡就像其他人類一樣，大家各忙各的，各自有各自要去的地方。我很喜歡這些野狗，牠們都不會來煩我，對我也很友善——光是完全不理會我這一點來說就是了。

我很確定，我很確定牠是盯著我看沒錯，眼神相交這件事情，總會讓我身體非常慌張，會讓我的心情很不平靜，也會讓我想要逃開。而這隻黑狗，現在跟我的眼神相交，就是這樣讓我不舒服，所以我很確定。

我的身體試著往前走了兩步，那黑狗也往前踏了兩步。我這才驚覺不對勁。

牠盯著我看的那個眼神，看起來沒有平常的野狗那樣來得友善。

糟糕了。

我想要穿越這裡，但得先越過那隻黑狗。

我試著再往前邁進一步，那黑狗見狀，便將兩隻前腳張開一些，對著我的方向低吼起來。牠低吼的聲音相當響亮，整條巷子都是牠的吼聲。那是一種很不開心的聲音，也是一種讓我很不開心的聲音。

我更慌張了，我沒有遇過這種情況，我真的需要離開這裡，我現在非常需離開這裡。

這條巷子，我想想，這條巷子——

沒等到我思考完，那黑狗竟朝我狂奔而來！

「啊！啊！啊——」

我猛地向後倒退，往後撞到一些東西，我看到剛才那輛機車，對，那輛機車。

「吼——汪！汪！汪！」

黑狗的低吼聲已經變成大聲的吠叫，而且正快速朝我這邊放大——

我用我自己從沒想過的動作，異常快速跳到那輛機車上面去。

才剛站上去，那隻黑狗已經跑到我旁邊，對著我一頓狂吠！

「汪——！汪——！吼——」

「啊！啊！啊——！」我也大叫起來，「唔，不要，不要！不要！啊——！——」

我下意識拿起手中的黑色小包包亂揮一通。

好險這輛機車有立起中柱，而且又緊貼著牆的關係，我現在才能用很奇怪的姿勢站在上面而沒有跌落下去。

我一瞬間以為這裡是一片汪洋，海水差一點就要把我腳底下的這艘船給淹沒，我站在唯一浮在海面上的地方，而可怕的鯊魚正打著我身上的血肉的主意！

但是，不對，這裡不是汪洋，鯊魚怎麼可能會跑到巷子裡來，巷子可是陸地，鯊魚會沒辦法呼吸而死亡的。

「吼——吼——」

我揮動小包包的動作，似乎沒有把牠嚇跑的作用，我以為牠會因為害怕被擊中而逃開，但牠並沒有，甚至我覺得，牠好像被我這個動作更加激怒了。

「啊！啊！不要——」我驚覺我的臉上都是淚水，我已經嚇到全身快要抽筋了。

忽然間，這隻黑狗，居然在我揮動小包包的時候，頭部一個擺動，一把咬住了我的小包包！

「唔，唔，不！不！不！」

牠一邊咬著，一邊發出更加生氣的怒吼聲，現在到底是怎麼回事！到底牠在生氣什麼！我離開就是了！我在心裡焦急無助地吶喊著。

「那是，唔，那是，那是我的——！」

牠當然不會聽我說，牠也不會說人話，牠只會一直發出我不理解的聲音。

「這個，不是，唔，不是你可以拿去，這個是——」我腦袋停頓了一下，就像電腦當機一樣的狀態。但它並不是真的停滯不動了，我知道它有在轉動。

我的嘴巴本來要說出，「這個是我媽媽寫給我的信」這句話，但我的腦袋不這麼認為，它有別的意見，我不喜歡這個狀況。

這個黑色小包包，裡面裝著滿滿的信，幾乎每一封信，我都可以把它們的內容給默背出來，因為我實在是看過太多太多次了，每一封信我都很喜歡，我喜歡裡面溫暖的語句，我喜歡裡面整齊又帥氣的手寫字，我喜歡裡面的祝福和約定。

媽媽，媽媽的信就被裝在黑色小包包裡，但被裝在裡面的其實不是媽媽寫的信。眼前這條不講理的黑狗，低吼著緊咬我的黑色小包包，我如果放手了，牠會不會把整個包包給咬爛，這樣一來，我就可以趁機往空隙逃跑，雖然我不知道我跑步的速度能不能比牠還要快。不對，我應該跑不贏牠才對，我平常又沒有在練習跑步，陳駿才有可能跑得贏牠，因為陳駿平常有在練習跑步。媽媽常常在信裡面提到，常常練習的事情，就會變得很在行。不對，這不是媽媽說的。

黑狗甩著頭——此刻的牠真的就像是一隻鯊魚一樣，想要藉由撕咬和甩動，確實獵捕牠的獵物——我感覺我的身體不斷被牠給帶動著。

我發覺我似乎沒有發出亂叫聲了，因為我現在只聽得到牠的嘶吼聲。

但神奇的事情發生了，牠雖然力氣很大，卻也沒有辦法完全扯走這個黑色小包包，而我沒有放手，牠也就只是一直咬著。忽然之間，牠的聲音變了，牠的臉色也變了。

我一開始有點看不太懂，牠的身體動作變得更扭曲，而不單純只是甩動和撕咬，這如果在武俠電影中，一定會有人說，牠的殺氣逐漸消失了。我其實是不太擅長判斷這些情緒的，但，可能因為牠並不是人類，所以我盯著牠看了很久，才有機會看出牠奇怪的變化。

我終於看懂了，牠目前已經不想衝上來咬我，甚至是咬這個包包。牠現在想要的應該是掙脫，但是牠卻掙脫不了。牠的牙齒似乎跟包包的某個地方卡在了一起，所以牠即使用力甩動牠的頭，牠的嘴巴也還是卡在上面。

我沒有鬆手，但也沒有用力拉扯，就任由牠慢慢沒有力氣。我可以看見，牠在我面前，漸漸扭動的次數變少了，甚至，牠整個身體好幾次停了下來。牠嘴巴卡著，眼神已經開始游移，看向四周發呆起來。等牠回想起來，牠又試著要扭動身體，不管是左右擺動，還是向後退去，但由於我沒有鬆手的關係，牠怎麼樣也無法讓自己自由行動。

牠的低吼聲已經消失很久了，取而代之的則是孱弱的嗚嗚。這種聲音，我不用花很多力氣就能辨識出來，這是一種，很可憐的、很害怕的，而且向外界求助的聲音。

牠乾脆在原地坐了下來，牠的尾巴也老實地垂下，與地面貼齊著。牠看著我的眼神會多停留幾秒鐘，但卻不是兇惡地瞇著，而是皺著眉頭，圓滾滾睜著眼珠子那樣。

但我並沒有鬆開我拉著黑色小包包的手。

我想起在輔導室裡頭，我看過無數次的那個海報，海報裡面是好幾張不同表情的臉，那是劉君老師要我閱讀的，我也覺得那個海報很有趣。雖然我現在已經不喜歡輔導室，也不喜歡劉君老師了，但是那個海報我還是喜歡的。好險我也把那張海報的內容給背了起來，所以我不覺得沒有辦法回到輔導室去看那張海報很可惜，我可以從記憶裡面去欣賞那張海報。

眼前的黑狗，跟海報中某一個表情很像，那個表情是徬徨無助的，對，牠現在就好像那張臉。可是，牠是狗，不是人，但是當我靜下來仔細看，牠的表情真的就好像人類的表情。

牠也會感到徬徨無助嗎？

確實有可能？譬如牠現在想要掙脫，卻一點辦法也沒有，牠現在又露出這個跟人類很像的徬徨無助的表情，或許牠真的有這種感覺。

我對於這個發現覺得很驚訝，但是更令我驚訝的還在後頭。

這是我的表情嗎？

我平常，也是這個表情嗎？

我的皮膚沒有像牠一樣，長滿了黑色的濃密的毛，但我也很常感到徬徨無助，我也會在地上蹲下來，或是坐下來。我比較喜歡蹲下來，因為有時候地板不是很乾淨，蹲下來也可以立刻站起來。不像坐著要站起來的時候，還要額外用力才有辦法。

可是我跟現在的牠一樣，我平常就是這個樣子了，徬徨無助的樣子。一般來說，黑狗的嘴巴會常常卡在包包上動彈不得嗎？我不曉得。

我常常需要別人幫忙，因為我自己做不到的事情真的好多，多到我應該是數不清了。讓我覺得很討厭，很不開心的地方則是，即使有人幫忙我了，我卻還是常常覺得事情沒辦法做好。

我就是這樣的一個人，一個，很多事情都做不到的人。

其實我早就有感覺了，只是現在看著這隻嘴裡卡著包包的黑狗，讓我更加確定這件事情罷了。但是，現在這個處境，徬徨無助的居然不只我一個人，如果把牠也給算進去的話，等於有兩個人了，雖然我知道牠不是人。

居然有人跟我一樣，同一時間，一起，感到徬徨無助，這種事情真是從沒發生過，我不知道這個感覺是什麼，很新鮮，我卻不討厭。

我蹲在機車上，機車本該搖搖晃晃的，但因為我與黑狗都沒有什麼動作，所以這輛機車現在相當平穩。

我蹲著，而黑狗則坐著，我們偶爾相覷著，誰也沒有說出任何一句話。剛才的鯊魚不見了，剛才波濤洶湧的海面也變成平穩的海平面了，就像我看過的大多數油畫會參考的畫面一樣。但我不知道，如果這裡真的是一片大海的話，眼前的黑狗應該會是什麼才對。我的想像力真的沒有很好，這可能要問劉君老師才行，但如果有機會碰面，我也會忍著不要把這個問題拿來問她，我寧願自己困擾在心裡面。

我仍拉著揹繩，我知道自己在猶豫著，猶豫著該不該把手給放開，如果放開來，我就可以離開這裡了。因為黑狗的牙齒卡著包包，暫時掙脫不了，暫時對我沒有威脅。牠應該很難隔著一個包包咬到我，但我也不是完全確定，畢竟我不是動物學家，我也還沒上大學，只是一個高中生。

「你，唔，你跟我一樣嗎？覺得，唔，不知道該怎麼辦嗎？」我忍不住對著牠問道。

牠的眼神直線看向我，接著嗚嗚一聲又低下頭，看向地板和其他地方去。

對於我的發問，牠是有回應的，按照我在輔導室學習到的，這是一種對話沒錯。

但我感覺——這真的很奇怪，可以說是頭一次——我不是這裡感到最困擾的人，我握著揹繩，可以決定要繼續握著，還是鬆開，但牠可沒辦法做決定，牠嘴巴卡住了，而牠不像我，有兩隻手可以把包包好好挪動角度取下來。

我可以做決定，我是可以做決定的。

我有點希望這裡有紙跟筆和桌子，這樣一來我就可以在紙上寫下鬆開手，以及不鬆開手的好處壞處表，但只有一點點希望而已。

「你想要，唔，離開嗎？你，唔，你會咬我嗎？」這是我最擔心的事情。

牠斜眼看了看我，沒有發出任何聲音，牠的鼻子一吸一吐，看起來很可愛，我沒有這麼近看過狗狗的鼻子過。

牠似乎沒有剛才那麼大隻了，剛才不知道為什麼，我覺得牠好大一隻。牠應該是野狗吧，因為牠的脖子沒有項圈，也沒有看到牠身上有任何人類做出來的東西。

「我要，唔，下來了——」我稍微動了一下我的腳，「唔，可以嗎？」

牠看向我，垂著眼，耳朵也垂了下來，尾巴在後面搖了起來。意外地，我在心裡面解讀，這是「可以」的意思。我平常大多是不懂別人的動作代表什麼意思的，我通常會需要思考很久。

我一邊將我的腳緩緩移動，讓我不要整個人摔落下去，一邊控制我握著揹繩的手，不想要拉扯到黑狗的嘴巴。我不想要牠又再次生氣起來，我很不喜歡惹別人生氣。

我沒有在機車上蹲過，所以不確定要怎麼下來才好，我甚至不知道剛才我到底是怎麼跳上來的。我笨拙地控制身體，讓右腳先著地，但就在左腳也想要下來的時候，不知道被機車哪個地方給擋住，讓我整個人往地上撲過去！我趕緊用右腳跳了起來，讓左腳順利落地，這才恢復了平衡。

我以為我扭到腳了，結果好像沒有，好險。

「呼——唔，我下來了——」我喃喃自語。

黑狗一點動作也沒有，只是看著我愚蠢的動作，什麼話也沒有說。

我看了看黑狗跟包包相接的地方，但我也看不太出來到底是怎麼卡住的，我想著要把手伸過去，但是我並沒有這樣做。

我沒有用到好處壞處表，不過我發現這個情境題也不需要。我其實在心裡已經做好決定了。

「我不知道，唔，怎麼，怎麼從你的嘴巴，唔，弄開這個。」我稍微舉起一下揹繩。

牠抬眼看著我，每當我講話，牠的眼珠子就會以直線方向看著我，我下意識低下頭來。我不喜歡太長時間的眼神相交，即使是跟黑狗之間。

「所以，唔，所以，我們得要，唔，離開這裡，請，請，唔，警察幫忙。」我對牠宣告出我的決定。

牠尾巴不停搖著。

「好，那，唔，我們走吧。」說完，我將揹繩緩緩拉了一下。

黑狗四隻腳站立起來，跟著我的方向開始行走。牠沒有向後退，也沒有左右甩動身子，只是順著我拉動的方向前進。

我往原本想要去的那個出口走去，一走出巷口，車子和店家的聲音就放大了許多。我喜歡這個有點吵雜的聲音，因為這樣一來就沒有人會注意到我，還有這隻黑狗。

「對了，唔，我叫盧年。」我想起來我還沒有向黑狗自我介紹，牠連看都沒有看我一眼，只是安靜在旁邊。

我點了點頭，繼續拉著揹繩，往下一個街道走去。

令我沒想到的是，我竟然認識下一個街道。

# 21.

我們沒有找到警察局。

而且尋找警察局的任務一下子就被我們放棄了，改去另一個地方——我詢問過黑狗的意見，黑狗似乎沒有不同意，於是我們就達成了共識——因為我們走的這條路我認識。

「我並沒有，唔，並沒有真的，唔，走在，這條路上過。」我用空閒的那隻手，在空中比劃了一下。

黑狗看了我一眼，表示牠看到了。

「但是我很常，唔，坐在機車上，機車會，唔，載著我經過這裡。」我用很大的動作揮動手臂，比出整條路的意思。

既然左拐右彎到了這裡，接下來的目的地就很明確了，而且我很確信，那個地方一定可以讓我釐清混亂的頭緒。沒錯，只要到了那裡，我就可以把這些纏在一塊的思緒全部釐清楚。

「我不知道，唔，你有沒有去過，那裡，」我跟黑狗說明著，「但是，那裡真的是一個，唔，很棒的地方。」

我們沿著白線前進著，白線以外的地方很危險，所以我和黑狗都走在白線以內，這樣才可以跟馬路上的汽車、機車保持一段距離。

我雖然沒有自己走過這條路，但是這條路早已經深深刻印在我的腦袋裡了，所以方向對我來說不是問題，只是我不曉得用走路的，會需要花我們多少時間。

一路上我都在說話，跟黑狗說話。

而黑狗都有認真聽。

我發覺，跟牠講話的時候，一下子就可以走很遠。我才跟牠說明完我們等等要去的地方而已，我們就走到市區外圍來了。到了這裡，接下來就會很安靜，很空曠，我很喜歡這條路。

我跟黑狗解釋，這條路多讓我喜歡，這裡會經過我很喜歡的某些地方，像是轟隆隆的鐵路、整個架高在空中的大橋，還有橋下幾乎乾涸的溪床。我現在並不在機車座位上，所以沒有辦法享受那種在機車上快速移動，而所有路樹往後退去的感覺，但我還是很喜歡這裡。只有車子，只有呼嘯而過的風，和不怕走遠路的黑狗。

我很訝異黑狗這麼認命，我們從巷子出發，到現在也過了好一陣子，除了等紅燈，其他時候我都沒有停下來，牠也幾乎沒有停下腳步。過程中，牠一點抱怨也沒有，我要是沒有拎著揹繩，我一度以為整條路上只有我一個人在走。

我喜歡牠走路時會發出的聲音，很像旁邊有一匹馬，但我想我應該會比較喜歡旁邊的是黑狗而不是一匹馬。我不認識馬，馬很大隻，我會害怕。

有一段時間，我們保持著非常安靜的狀態，就只有安靜地往前走著。

我發覺自己正抬頭看向正前方。

我幾乎沒有這樣走路過，我不知道自己今天怎麼會這樣走路。

這一條路很長，從我這個方向看過去，也沒有辦法看到路的盡頭，但我知道盡頭長什麼樣子，因為我去過好幾次了。在這個角度走路，可以看到兩旁的山，還有湛藍的天空。原來不用抬頭仰望，只要平平的視線，就能看見天空了。

這個畫面好乾淨，裡頭的東西好單純，大部分都是重複的東西，天空和天空和天空，山和山和山，佔滿了整個視野。我喜歡這個畫面，因為接著這個風景而來的，就會是一個我最喜歡的地方。

想到這兒，我打破了沉默。

「我跟你說，唔，為什麼這學期，我會，我會這麼，唔，努力。」我說道。

黑狗沒有停下腳步，每當我說話時，牠就豎起耳朵專心聽，我知道牠都有在聽，即使牠眼神看著前方。

我提到了，這學期王釗老師派給我的三份任務，也補充說明在這個學期之前，就有嘗試接過這些類似的任務，但狀況並不是很好；這學期的狀況，也沒有很好，我把為什麼要接任務的原因，還有學校誰才需要接這些任務，一併跟黑狗說明。我覺得事情要講清楚才行，雖然對我來說這是一個不小的挑戰，但我不需要在受壓迫的情況下，解釋自己。黑狗不會對我用咄咄逼人的方式問問題，我想要怎麼補充說明都可以，牠都沒有打岔我，也沒有表達出不耐煩的模樣。而且，牠一點意見也沒有，就好像，要怎麼說呢，就好像我說的，全都是對的一樣。

我一邊說明著，一邊回想著這學期我所做的各種努力，以及我是為了什麼而努力的。說明到一半的時候，我忽然發現自己不想把這學期努力的原因給完整說明出來。我提到了，我要申請特殊管道入學的方案，我需要學校的協助和推薦，還有，我想要有比較自由的生活空間。但就在快要提到媽媽的時候，我沒有說出口，我把這件事情藏了起來，藏在心裡面。我不確定黑狗有沒有發現我這樣做，我希望牠沒有。

「所以，唔，我得要，唔，再努力一點，完成最後這一份，唔，任務。」我停頓了一下，「就是這樣，唔，你有聽懂嗎？」

沒等到黑狗回應，我就逕自點了點頭。

聊著聊著，我們走到了一個可以看見大橋的路段，這兒剛好有一座廟。

我的腳步在廟的前方停了下來，我覺得口好乾，一直講話又沒有喝水，讓我口乾舌燥。我看了看自己身上帶的東西，真糟糕，我拎著黑色小包包就出門了，其他什麼東西都沒有帶。剛才本來想要翻找出零錢，但最後也沒有找到。所以我現在身無分文。

我皺起了眉頭，覺得很不舒服，再加上，走了好一段距離，我的腳開始感覺有一點痠了。我有一點困擾，但是我現在不想要蹲下。我只想趕快走到我要去的地方，這樣的話，我就可以喝水，也可以上廁所，也可以找到我喜歡的地方再坐下。蹲下來的話，怕又有不知道從哪裡冒出來的人會想要找我講話，我不喜歡那種感覺。

我正懊惱著，看向黑狗，黑狗卻一點也沒有那種苦惱的感覺。牠只是坐了下來，用後腳幫自己的脖子搔了搔癢。但我的黑色小包包還是卡在牠的嘴巴上，不知道牠是怎麼習慣的。牠看起來，用成語來形容的話，就是「處之泰然」，對，看起來很放鬆，很自然的樣子。如果我的嘴巴卡著一個包包，我可能會一直哀叫，我不喜歡嘴巴一直張著，何況是嘴裡卡著一個不應該拿來咬的東西。還好我的嘴巴裡面現在沒有卡著這種東西。

但是我右腳的鞋子裡似乎有小石頭，我剛才在走路的時候就隱約發現。我偶爾會踢踢地面，讓小石頭換一個位置，不要讓它跑到腳底去。我想，既然我都停下來了，那我就來看看有沒有辦法把它給拿出來好了。

我用左手拎著黑色小包包的揹繩，右手將右腳的鞋子給脫下來。

我將鞋子舉在眼前，在空中抖了抖它。

我有聽到小石子滾動的聲音，但它並沒有掉出來，我嘗試換了一個角度，旋轉鞋子，再胡亂抖動一番。我也把頭湊到鞋子洞口，想著，或許我能看見那顆小石頭在哪裡，但是根本看不到。

這也太讓人困擾了吧！它不應該看不到啊！而且，它應該一下就跑出來才對啊！我都舉到空中了。

「唔，唔，唔——」

剛好我們就站在一個路牌旁邊，黑狗順勢對著路牌的支架舉起牠的後腳，撒起尿來。

「讓你，我的動作，唔，讓你想到尿尿了，是嗎？」我一邊說，一邊不放棄地看著鞋子洞口。

忽然——

「汪！」一個好響亮的狗叫聲在耳邊響起，「汪——！」

我看向黑狗。

黑狗沒有看著我，而是看著路牌後方。

也對，這聲音不是黑狗的，黑狗在巷子裡對著我大叫時，聲音跟這個不一樣，而且，黑狗嘴裡還卡著我的包包，怎麼可能發出這種叫聲。

我把舉起鞋子的手緩緩放下，這樣我才看得到眼前的畫面。路牌後方就是廟，廟的兩旁，不知何時，聚集了三隻——四隻——五隻，共五隻野狗。

我瞪大了雙眼，大氣不敢喘一下。

牠們面露凶光，就像黑狗在巷子裡的那時候一樣，黑狗後退了一步，我可以感覺到黑狗沒有想要跟牠們對決的意思。黑狗感覺害怕，就跟現在的我一樣，我也感到害怕。

「吼——吼——」

牠們一看見黑狗後退，似乎更加不開心了，紛紛發出低沉的怒吼聲。

我不喜歡這個聲音，我不喜歡牠們一起瞪著我們的感覺。

我一手拎著揹繩，一手還拿著鞋。

最旁邊那隻狗，看起來最大隻，比黑狗還要大隻。牠的背上有一個又一個破皮的傷口，臉上也滿是傷痕，模樣看起來相當駭人。

一點警告也沒有，那隻大狗，一邊吼叫一邊朝我們衝了過來——！

「汪——！汪！」其他狗見狀也跟著吼叫奔馳而來。

「啊——啊——！」我大叫起來。

我朝著大橋拔腿狂奔，黑狗也跟著我奔馳起來，由於牠跑得比我還要快，我覺得整個人都被牠拉著跑。

臉面帶傷的大狗就追在我的右腿旁邊！

我舉著鞋子的手，亂揮亂擺了起來，我想把大狗趕跑，但我也不敢真的朝牠兇猛的臉揮下去——其實我沒有自信我揮得到。

牠不停叫著，我也不停叫著。

我倆跑得非常快，用盡全力的那種奔跑。因為我覺得如果沒有用盡全力，我就會被大狗追上並且咬傷。

「啊——啊——不要——我不要——」由於奔跑的關係，我沒辦法好好說話，而且我實在太害怕了！

我們往橋上衝去，進到大橋的範圍裡面之後，那五隻狗就不再追上來了。我聽得出來，牠們在我後方停了下來。我快速回頭看了一眼又把頭轉回來，深怕對到眼之後，又點燃牠們的怒火。

我逐漸慢下腳步，實在是快要喘不過氣來。

黑狗感受到我向後拉扯的力道，也跟著我慢了下來。

黑狗只有微微喘著氣，我真是佩服牠，牠不覺得這樣很累嗎？我的心臟可是正在瘋狂跳著，我呼吸的速度從來沒有這麼快過，我覺得快要暈倒了。我抓著橋上的欄杆，讓自己保持平衡，不要真的倒下去。

現在倒下去的話，誰知道會不會有什麼危險。
我只有在殭屍電影裡面看過主角為了自己性命著想而奔跑的樣子，沒想到現實中也會有這種情形出現，而且光是今天，我就奔跑了兩次，這兩次我都覺得自己會當場死亡。
那五隻狗見我們已經進入橋樑範圍後，就沒有再靠近我們，原地解散。
扶著欄杆喘氣，我才看見我的手還握著鞋子，剛才奔跑的時候是光著右腳的，但是我太害怕太緊張了，所以沒注意到。
我不管什麼小石頭了，趕緊把鞋子放到地上，想要穿上去。
我覺得右腳的腳底很不舒服，不知道有沒有破皮，或是被東西刺到，但我現在沒有力氣去檢查，光是保持站著就好困難。
「呼——呼——呼——呼——」我努力控制著呼吸，用體育老師教我的方法喘著氣。連體育課都沒有讓我這麼喘過，不過剛剛那是生死關頭，我想不太一樣。
我一邊深呼吸著，一邊看向跟在我旁邊的黑狗，剛才的騷亂，仍舊沒有讓小包包從牠嘴裡脫落。
黑狗早已不再喘氣，只是靜靜在一旁坐了下來。
我大口吸氣，再緩緩吐出。
大橋上的空氣很舒服，我們幾乎是貼著橋的最外圍，因為我們站的地方，同時也是機車道，不時會有機車騎士從我們面前呼嘯而過。

確認那幾隻狗真的沒有再出現在視線範圍後，我才開始好好欣賞站在這座橋上的景色。寬敞的大河床，還有感覺更加靠近我們的山脈，我喜歡這種感覺。

但是這裡不能久留，每當機車從我面前高速駛過時，我的身體都會不自主地縮起來，我不喜歡，要是這裡一輛車都沒有的話就太好了。

我把揹繩握緊。

這是我的黑色小包包，拿著它會讓我感覺很安心。

黑狗感覺到我的動作，跟著站了起來。

我開始沿著大橋邊緣走著，機車經過的時候會有強風吹來，我身子縮在大橋牆面，從我的角度，能看見大橋下方，河床和大橋之間有一段距離，要是從這裡掉下去就不妙了，身體會非常痛，可能會有骨頭斷裂，或是當場死亡的危險。

我在這裡還是可以保持著抬起頭的方式走路，因為整座大橋上，除了行駛的車輛之外，一個行人也沒有，完全不會有與人視線相對或是需要跟人說話的困境出現。

橋雖然很大，但專心走著，也不用花太多時間，沒過多久，我與黑狗就成功通過這座大橋了。

我的口好乾，連喉嚨也是，呼吸的時候，因為喉嚨太乾了，有一點疼痛的感覺出現。我皺起眉頭，我不喜歡身體這麼不舒服的感覺，我要動作快點才行。

我的右腳好多了，難怪人需要穿著鞋子在外面走路，我從來沒有像剛才那樣，脫掉鞋子跑在柏油路上的經驗，現在我知道了。

接下來的路，就是先直線前進了。

通過大橋後，我們就一直沿著道路前進。一直向前，沒有過多久，就會遇到火車站。在遇到火車站的那個路口左轉的話，就會經過一條比較多人的街道，沿著街道繼續走，街道的末端就是到那個熟悉的位置。

我想要把這個規劃說給黑狗聽，但是我的嘴巴實在是太乾了，所以只有說到一半，就把嘴巴給閉起來了。黑狗沒有因為我突然安靜下來，而對我感到生氣。如果是對著學校老師，可能就要等著被教訓一頓了。

通過大橋之後，行人可以走的路變得寬敞許多，我可以走的地方很多。白線裡面，除了柏油路之外，還有石頭路以及草地路。我選擇走在石頭路上，因為石頭路是最靠裡面的，離行駛而過的車輛距離最遠，而黑狗則自己選擇走在草地上。不知不覺，我已經沒有剛才那麼喘了，但是因為剛才停了下來，所以我的腳就變得很痠。如果沒有停下來，而是一氣呵成抵達目的地的話，腳就不會那麼痠了，這是我在學校學到的。

所以現在不能隨便停下來，我也不敢。要是又遇到另一群野狗，我就完蛋了，我可不確定自己下一次能不能逃過一劫。

這是我第一次，走這麼久的路。

但是我知道，只要到了那裡，我就能把最近那些奇怪的事情給思考清楚。應該說，要想清楚這些事情，只有那裡才行。沒有為什麼，我就是知道。

這條路上，比剛才的路段多了一些人，可能是附近的住宅也變多了的關係，雖然只有零星幾個，但為了避免麻煩，還是保持低下頭的樣子走著。

這個時間，風很涼快，旁邊只要有急駛而過的汽車，我的身體就會感覺到一股順勢帶來的風，它會輕輕往我背上推，讓我走得更快，我喜歡這這個感覺。一邊走著，一邊專心感受途中吹來的風，沒有多久，火車站就出現在了右手邊。

我沒有進去火車站，因為現在不能隨便停下來，隨便停下來的話，就糟糕了。

反正這個火車站也沒有飲水機，我知道，因為我之前就研究過了。如果想要喝水的話，那就要繼續前往那個地方才行。而我確實很渴，我現在很想喝水。

要喝水的話，得去那裡才行，所以必需繼續走。

好，我在心裡面跟自己說清楚。

火車站這一帶人很多，像是回到市區一樣，但是比市區的人再少一些些。

我過了馬路，沿著比較熱鬧的街道走去，之前我都是坐在機車上，所以完全不用擔心眼神對到眼神而引發互動的狀況發生。現在我走在路上，速度比機車還要慢很多，所以，隨時有可能會被經過的路人看到我，我不想要大家看到，因此，頭低得更低了。

我的腳步加快了一些，因為我想快速通過這條街。黑狗在旁邊也加快了牠的腳步。我可以聽到路過的人，偶爾會冒出一兩句話，是跟我與黑狗有關的話，這讓我很緊張。像是「欸你看那隻狗的嘴巴！」，或是「你看那個女生的頭」。

但由於我走得很快，沒有人來得及跟我搭話，好險。

可能真的很特別吧！我的確沒有看過別人像我這樣走路，而且我也沒有看過有哪隻狗狗的嘴巴會卡著一個包包。通常狗狗都是在脖子那裡被拴上狗鏈，而不是嘴巴。

每當聽到有人在我旁邊講話，就會拉一下揹繩。

黑狗明白我的意思，牠會加快一下腳步，配合我加快的速度。

我們閃過各種變電箱，還有路上的行人，店家很忙，所以通常不會理我們這些走在路上的人，所以也不需要特別閃躲他們。

這條街道的最末端是一個賣場，我一看到賣場外的廣告旗幟，就知道賣場到了，而賣場到了，就表示我們到了。

「唔，到了。」我看著隨風飄揚的旗幟，它杵立在賣場外已經好久了，不論什麼時候我在機車上經過，都會看到這面旗幟，上面寫著：「全館特賣中，最低七折起」。

我沒有停下腳步，而是更快速地走著。

沒走幾步就看到了，旗幟的前方，這裡是N大學。

# 22.

我們抵達工學院的時候，我感覺又渴，又餓，又疲累，尤其是我的小腿，我的兩條小腿肌肉從來沒有這麼痠痛過，它們真的變得很沉重。我一方面覺得它們沉重，一方面卻又快要感覺不到它們，這是很奇怪的感覺。

我們直奔工學院的飲水機，我顧不得自己沒有帶水瓶——還好我有看過阿嬤這樣做過，才知道可以這樣做——直接用手拱成一個碗的形狀，在出水口大口大口地喝起來，喔，也可以說我是用灌的，因為我真的快要渴到暈過去了。

我現在很苦惱，對，我覺得很苦惱。

劉君老師說過，當我皺著眉頭的時候，除了我不喜歡某些事情之外，還有一種可能的經驗，就是我覺得很苦惱。我很常感到苦惱，因為這個世界有很多複雜的狀況，常常讓我不知道該怎麼處理。

但我苦惱的，不是身體覺得很奇怪、很不舒服這件事情，而是我卡住的黑色小包包該怎麼辦才好。

我與黑狗——對，黑狗還在我旁邊——站在工學院的一樓外，我試著要把黑色小包包從牠的嘴裡給拉出來。但是不管我怎麼拉扯，黑色小包包都像是被螺絲拴住一樣，牢牢鑲嵌在黑狗的嘴裡。

黑狗只有發出嗚嗚的聲音，牠現在對我一點敵意也沒有，不知道是不是習慣了我在牠身邊的感覺。雖然我也很喜歡牠的陪伴，但我真的很需要我的黑色小包包，所以並沒有放棄把包包拉下來的想法。

我從傍晚一路嘗試到晚上，天色已經暗了下來。

原先我擔心會不會有人注意到我與黑狗，而前來與我搭話，所以我戴著黑狗到工學院對面的樹林裡面，想要將包包與黑狗分離。

但是後來，隨著天色暗了下來，這附近的學生也變得非常稀少。可能是他們都放學了的關係，會經過我們的只有騎著腳踏車，對我與黑狗都漠不關心的人。

因此，我乾脆將黑狗帶到工學院底下，因為這裡有路燈，比較明亮。

我現在已經敢把手伸到包包上了，黑狗對我不只沒有敵意，甚至還喜歡我伸手過去觸摸牠。我有印象狗狗都喜歡被人類觸摸這件事情，所以我也有試著摸摸牠的頭和下巴，而黑狗也會搖搖尾巴，瞇瞇眼睛，告訴我牠很喜歡。

只是牠也拿我的小包包沒轍，我看得出牠的眼神，也希望包包可以從牠嘴裡被解開。要是牠有手就好了，就能夠自己試著把包包轉到合適的角度拔出來，但是牠沒有手，因為狗狗跟人類不一樣。

我想到一個辦法，既然我們是在慌亂中，包包胡亂卡進嘴裡的，那麼我們就再製造一次混亂就可以了。

於是，我開始繞著工學院的建築物奔跑起來。

當我跑起來，我會緊拉一下小包包的揹繩，黑狗意會到，也跟著我跑了起來。

我全速衝刺——因為我當時在巷子裡，也是全身緊繃、用最快的速度在衝刺著——要模擬出在事發當時的情境。我一邊全速奔跑，一邊甩動黑色小包包上的揹繩，就好像當時對著黑狗猛力揮動那樣。

「啊——啊——啊——！」我也大叫著，回想我自己的叫聲，模擬起來。我覺得我模擬得很棒。

我喊叫了幾次就停了下來，因為我用全速衝刺的關係，沒辦法跑太久，一下子就氣力用盡，需要在旁邊的石椅上坐下喘氣。加上走了一天的路，我根本早已經要累癱了。

但是我沒有這麼快放棄，每當我覺得我的小腿因為坐下而恢復一些時，我就又站起來，讓身體以火力全開的速度向前奔去。工學院真的很大，我全速衝刺了好幾輪，也無法將它繞行一圈。

「啊——啊——」我奮力叫著，並胡亂甩動揹繩。

我扭頭向黑狗看去，卻發現，黑狗的嘴和包包仍舊紋絲不動，黑狗甚至一點喘氣的動作也沒有，對牠來說，我們只是在快走散步而已。

可惡，我本來就不擅長跑步，不對，我根本就不喜歡跑步，也不喜歡走路，可是一整天卻走了那麼多路，還跑了這麼多趟。難道就不能換來一絲收穫嗎？

我心裡越想越氣，決定再試一次，這次我要跑得更快，甩更大力，並且叫得更大聲！

「啊——！」我喊叫著，跑了起來，「啊——啊——！」

黑狗也在旁邊跟著我跑了起來。

我大力甩動著揹繩。

包包一點動靜也沒有，只是順著黑狗的頭上下擺動而已。

忽然，一輛腳踏車與我並行騎乘著，腳踏車上的女生對著我大喊：「同學！同學！妳來我這邊！」

糟糕！

我頓時腳軟，跌了一跤，膝蓋重重摔到地面。

「啊！」我這下是真心喊叫出來了。

腳踏車上的女生把腳踏車隨手一扔，人就跳下車來，跑到我旁邊。

「妳有沒有怎麼樣！」女生對著我說，接著她又轉頭對著黑狗說，「你、你不要過來喔！我們有兩個人喔！會踹你喔！」

我蹲了下來，因為我的腿真的太瘦了，她見狀想要攙扶我起來，我便把整個人都縮成一顆圓圓的石頭，雖然我不是真的石頭。

「來，沒事，這隻狗好像——」那個女生說，「咦？這隻狗是妳的嗎？我以為狗在追妳——？」

我沒有回應她，是她自己誤會了，我也不擅長向人解釋事情。

那個女生拍了拍我的背，我的身子縮得更厲害了，我閉上眼睛。我不喜歡她碰我，我希望她趕快離開就好了，不要管我。

「我幫妳看看，剛剛跌倒有沒有怎麼樣？」那個女生又繼續問道。

見我沒有回應，那個女生說：「我先去把腳踏車停好再來幫妳，妳等我一下喔！我很快！」

聽到她小跑步的腳步聲，以及腳踏車被攙扶起來的聲音，我立刻站了起來，抓緊揹繩往工學院裡頭跑去！

「欸——！欸！同學——」那個女生向我大喊著。

我頭也不回，奮力衝刺，感覺衝刺得比剛才模擬情境還要更快。

快跑！快跑！不能被她追上來！

我在心裡大喊著，我嘴裡小小聲「啊！啊！啊！」喘著氣。

一衝進去，我就往樓梯跑去，因為上到一樓以上，才比較不會被別人發現，在樓上的話，就沒有人知道我在哪一樓了，這是為什麼我很喜歡這棟樓的原因，這棟樓真的很大。N大學的很多教學大樓都是這個規模，我很喜歡。

我一路衝到了四樓，心想既然要讓對方找不到我，乾脆跑到最遠的地方，這樣對方就會在一樓二樓三樓團團轉，花費更多時間找我。而我可以趁這段空檔先躲起來。

我跑到四樓的某一側，找著找著，讓我找到之前就看到過的殘障廁所。我從來沒有進去過，但我知道裡面空間很大，我知道為什麼，這是為了讓身心障礙人士有足夠寬的空間進出廁所，他們常常會坐輪椅行動。

平常我不會使用這個廁所，因為我沒有行動不便，但是現在我因為黑色小包包卡在狗狗嘴裡的關係，我也行動不便，所以可以使用這個廁所。

我一踏進廁所，黑狗也跟著我進來，我將門給鎖上。

忽然間，一切都安靜下來，只剩下我自己的喘氣聲。

我癱軟在廁所地板，這裡雖然是廁所，卻沒有像公園或是火車站的廁所一樣骯髒污穢。

相反的，這裡的空間看起來，又明亮，又潔淨，說是一個沒有家具的房間也不為過。

我的腳實在是太痠了！太痠了！

我真的不能再跑了，不然會直接跌倒在地上，久久不能動彈。

我現在不能出去外面，要是出去就可能會遇到那個想要幫助我的女生。但是我不想被她幫助，我根本沒有釋出求助訊息，她就自己要跑來幫助我，我不喜歡。

除此之外，我現在就出去的話，也可能會因為忽然癱坐在地上，而引起更多人的關注，這樣的話可就更加糟糕了。

為了防止這兩個狀況發生，我決定先待在這間廁所裡，也順便讓我的腿恢復一些。

還好剛才我已經喝過水了，所以現在只有一點點口渴，等到待會時機成熟，開門出去再喝就可以了，我有看到飲水機，就在殘障廁所的斜對面而已。

我坐著挪動身子，讓自己往後靠上牆面。

一股舒適的感覺在全身散發開來。

不知怎麼地，眼淚忽然從眼睛裡流了出來，我一點也控制不住。

我摀住嘴巴，小聲哭著，我好想大聲哭出來，但是這樣一來就會被外面的人給聽到，於是我很用力，很用力地摀住我的嘴巴。

我哭到全身都顫抖了起來，殘障廁所的燈亮著，但我看不太清楚黑狗的表情，因為眼睛都是淚水，視線變得好模糊。

我不知道為什麼會想要哭，但是我現在真的覺得好不舒服。身體好疲累，好餓，腳好痠，我的膝蓋也瘀青了，而且心裡面，好多好多感覺，我說不清楚的感覺，一次翻攪在一起，我已經分辨不出來，這到底是什麼感覺了。

我只覺得一團亂。

我不喜歡一團亂。

所以才會逃走，對，我才會離開家裡，從家裡的客廳，一路逃走，逃到這裡。

這裡很安全，這裡跟我的房間一樣，有門鎖可以使用，雖然我沒有鑰匙，但是只要有人鎖著廁所的門，通常別人都不會去打開那道正在被使用中的門。

我哭了不知道多久，身體才終於平緩下來。

眼淚沒有再流出來後，我攙扶著牆，試著站起來。腳雖然又要軟掉，但沒有真的讓我倒下去，我歪歪斜斜地走到殘障廁所裡面都會有的洗手台。

我雙手伸過去，感應式的水龍頭立刻湧出水流，我用碗狀的手，拱著一碗的水往臉上抹去。

清涼的感覺從臉上蔓延開來。

我又多做了兩次，才停下動作。

看來那個女生沒有找到我，不然的話，她應該會跑到廁所外敲門，或是在走廊上跑來跑去，但是我一點聲音也沒有聽見。

但是以防萬一，我還是先待在廁所裡好了。

我看向洗手台的鏡子，鏡子中的自己，有著凌亂的頭髮，還有因為哭泣而看起來很憔悴的面容。我的表情沒有皺著眉頭的苦惱樣，而是很平淡。對，我比較常看見自己平淡的表情，因為通常我照鏡子的時候，都是心情平靜的時候。

我再讓身子向後移動，往牆面靠去，緩緩坐下。

「唔，我要，唔，坐著。」我說，膝蓋的刺痛和小腿的痠痛刺進全身上下。

掙扎著坐好，我看見，黑狗仍在我旁邊，並且早已趴了下來。

黑色小包包因為牠奇怪的角度，開口莫名其妙打了開來。

從開口往裡頭看去，很明顯可以看到一疊皺皺的紙。

我看著黑狗，黑狗也看著我。

黑狗眨了眨眼。

「我可以，」我發現我太大聲了，趕緊停下來，並看向廁所門，停頓幾秒後，改以輕聲細語的方式重新對著黑狗說話，「我可以，唔，拿拿看嗎？」

黑狗又眨了眨眼，牠並沒有說不行。

如果對方沒有拒絕，那就表示這樣做是可以的，這是套用在人類與人類互動時的規範裡面，跟狗狗之間不曉得是不是也可以這樣運作。但我猜測應該可以吧，於是我對著包包裡頭伸出手。

希望沒有碰到黑狗的牙齒。其實我也不確定，牠的牙齒是不是真的穿透了我的包包，但我不想碰到，因為感覺很奇怪，而且我怕牠會生氣，我還沒有直接碰到牠的牙齒過。

我只伸進去包包一點點的深度，就足夠讓我拿出那一疊紙中最上層的那張紙。

我動作俐落將紙抽了出來。

紙張被抽出來，而黑狗一點動靜也沒有，太好了。

我將紙張打開來，這是最近的一封信，信裡頭畫滿了我的筆記。我現在沒有帶著畫記重點的螢光筆，這讓我有點苦惱。如果我要再閱讀一次，我還是會希望手上有螢光筆。這樣萬一我需要畫記的時候，就可以直接動筆了。

我正要朗誦信裡頭的內容，卻整個人停了下來。

我一直以為，這是媽媽寫給我的信。

但是早上的時候，我才發現，這是阿嬤寫給我的信。

阿嬤假裝自己是媽媽，用媽媽的口吻，寫信給我，跟我說話。

這些信件，我看了好幾百次，閱讀次數已經數不清了，而一直以來，這些信件，都不是媽媽寫的信，而是阿嬤寫的信。

這是阿嬤寫的信。

不是媽媽寫的信。

我的腦袋一直重複著這兩句話。

我又伸手抽出一張信紙，我把它們一張一張疊好。我本來就有按照信的日期排序，所以我現在只要將每一張被抽出來的信件繼續往下排好，就會是整齊的了。

我抽著信紙，黑狗趴在地上，彷彿這些事情都跟牠無關一樣，閉上了眼睛睡去。

我把最後一張紙給抽了出來，一疊信紙，就全部到我的手裡了，從每一張紙的質地和外觀來看，紙張並沒有被黑狗的牙齒或是口水毀損到。

我將揹繩從手臂上取下——我為了喝水方便，會將揹繩套到我的手臂上——輕輕放到地上去。

我兩手拿著這疊信紙。

信紙的重量，不重，也不像一張紙那樣輕柔，是我喜歡的重量。

拿著拿著，我的眼淚又流了出來。

我沒有哭成這個樣子過，或者是說，我上一次哭成這樣是什麼時候，我也不記得了。

這一次的哭泣，好奇怪，真的好奇怪，我覺得沒有很糟糕，甚至有一點開心。我邊流著眼淚，邊點著頭。

這不是媽媽寫的信，這是阿嬤寫的信。

我好喜歡這次的哭泣，跟剛才真的很不一樣，但是我說不上來是為什麼，我就是比較喜歡。

眼淚糊糊的，但我不需要看見，也能在腦海裡清楚記得。

最後的這封信，每一筆劃，每一個字，我都還是好喜歡。

我最喜歡這些信了。

我最喜歡這些可以讓我覺得溫暖，可以讓我覺得安心的信了。

眼淚一直流出來。

我情不自禁笑了出來。

黑狗沒有發現我笑了出來，外面鴉雀無聲，應該也沒有人發現我笑了出來。

我哭著，笑著，就睡著了。

# 23.

我醒來的時候，黑狗還在睡。

我將信紙全都塞到黑色小包包裡頭，喔對，因為黑色小包包從牠嘴裡脫落了，不曉得為什麼會這樣，可能是牠睡著了，嘴巴打開成某個特殊角度的關係，我心裡想。

我將信紙好好放進包包裡，並將開口封住。

包包沒有像我想的那樣破洞，我查看了一下，應該是上面的金屬扣環卡到了黑狗的牙齒，因為那個金屬扣環現在看起來有點歪曲。

我看了看手錶，現在還是大半夜。

我的目的地還沒到，得趕緊出發才行。

我將廁所門給小心翼翼地打開，深怕有人會聽見我開鎖的聲音。大半夜的時候，任何風吹草動都會發出很大的聲響，這是我在生活中學到的事情。

門打開來，可以看見，外頭仍是亮著的，但不是因為天亮了，而是走廊的燈都開著的關係。越過那些走道燈，整棟建築物外頭是一片漆黑。

我探頭到走廊上，雖然走道燈很亮，但是卻一個人影也沒有。畢竟現在是大半夜的，一個人也沒有是很正常。

我走到飲水機前面，用手喝了好幾口水，全身放鬆了不少，可以感覺到小腿沒有之前那麼痠痛了，站著，走著，都沒有問題。

我喝完了水，用手臂抹了抹濺到臉上的水滴時，看見廁所內，黑狗正看著我。牠趴著不動，只有睜開眼睛盯著我看而已，我跟牠揮了揮手。幾秒後，牠閉上了眼睛，換了個動作，繼續睡回去了。

我走了出去，在走廊上，我沒有刻意低著頭，因為現在沒有人，所以我將頭持平，到處看。夜晚的工學院也很有趣，尤其沒有人的關係，我可以好好欣賞一番。

我緩慢走著。我還記得路，而且離天亮也有一段距離，我還有一些時間享受只有自己一個人的工學院。經過每一個空間時我都會從窗戶探頭看去，裡面擺著我看不懂的物品，不論是上課用的教室、教授研究室，或是研究室。

才逛一下而已，就到了熟悉的樓梯間。我走上去，就像之前一樣，通往頂樓的門沒有關上。我推開半掩著的門，頂樓的夜風飛撲到我全身上下，頓時間以為自己會飛，但我怎麼可能會飛，我又不是鴿子。

我走在奇奇怪怪的金屬管線上，這一次來，跟我之前記憶中的頂樓又有一點不一樣了。這我在書上有看過，人的記憶是會錯亂和不可靠的，所以記錯事情的細節很正常。

我一下爬上小小的台階，一下跨越各種管線，好像在做運動一樣，但是風很舒服，天空很寬，所以我沒有覺得很累。外頭沒有剛才那麼暗了，可以看到黑暗中的雲朵，在微微發著光。

我跨越整個頂樓，來到瞭望塔底下。

然而我發現，瞭望塔居然被一整塊大鐵網給包住了！

瞭望塔的入口處，剛好就是鐵網的入口處，鐵網門上可以清楚看見一個門鎖，看樣子，沒有鑰匙的話是沒有辦法進入瞭望塔的。

「咕——咕——」

鴿子們仍舊是一群又一群地飛著，牠們進不去瞭望塔內部了，這樣一來，瞭望塔內就不會再有鴿子的屍體。是因為這樣子，所以才要把瞭望塔給封起來的嗎？

附近仍舊能夠聞到鴿子的屍臭味。鴿子們應該也都聞得到吧？牠們不討厭，我也不討厭。

我覺得有點可惜，因為我想要攀爬到之前去過的那個位置，但我發現，牠們全都集中到了頂樓這一層的石牆上。

好奇之下，我也走了過去。

「咕——咕——」

一排鴿子見我靠近，拍了拍翅膀離去，其他鴿子則是往兩旁散開來。

「咕──咕──」

石牆大約只有到我胸口的位置，從這個高度往前看去，是N大學的高空俯瞰畫面。雖然沒有之前那樣高，但一樣是很高的位置，同樣能看見很美的校園。

這次看見的校園，是夜晚的景色。

我好喜歡。

我將黑色小包包貼著牆，我則壓著黑色小包包，靠在牆上。

「咕──咕──」

兩旁的鴿子齊聲叫著，牠們的叫聲真好聽，牠們不時會拍拍翅膀，那個拍翅膀的聲音我也很喜歡。

雖然沒能站上瞭望塔，但是這兒也不錯。

我這樣想著。

我有一點訝異自己會有這種感覺，還以為自己會生氣，但我不僅沒有生氣，甚至還覺得開心。

我不曉得為什麼。

我不曉得的事情太多了，因為我也不擅長很多事情。希望以後我可以想通更多事情，我知道我可以學會很多事，只是需要時間，只要給我時間，讓我有時間去想就好了。

我將黑色小包包舉起來，舉到胸前，抱著。

我沒有蹲下，我只是靜靜看著夜色，任由夜風吹打在我臉上。

# 24.

這一待就到了早上。

天在不知不覺中亮了起來，我一點也沒發覺，我似乎在發呆與打盹，只是靜靜盯著校園裡的建築物和樹林，好舒服，差一點我就要站著睡著了。

「唔，該走了。」

我叫喚著自己的身體，讓自己活動起來。

一整天沒有吃東西，水也喝得很少，雖然精神很好，但是我可以感覺身體很疲累，動作變得比較慢了。

我穿越過上來頂樓時的那個鐵門，往樓下走去，我回到四樓的飲水機那兒去，我向殘障廁所看去，黑狗已不知去向，不曉得我還能不能再遇到牠。

我喝了好幾口水，因為待會就沒有水可以喝了。

早上的時間，陸陸續續開始有人進來工學院裡頭，大部分應該都是學生準備要來上課。

我昨晚研究過他們空教室外面張貼的課表，現在已經快到第一堂課上課的時間了。

我緊緊抓著我的黑色小包包，我擔心它經過昨天一整天，揹繩會不會斷掉，要是斷掉了，包包就會在我沒有注意到的時候掉下來，如果沒有去查看，那包包就會被我給搞丟，那就糟糕了。

我將揹繩背在身上，同時也將包包抱在懷裡走著，放在胸前走路讓我更有安全感。我低著頭走，我不需要抬頭，因為我知道路要怎麼走。

現在沒有黑狗在旁邊，所以沒有人對著我指指點點了。

我希望他們保持這個不要理會我的狀態下去，這樣我就可以安全離開。但是每當有人騎乘腳踏車經過的時候，我都會不自覺警惕起來，我深怕昨晚那個女生會不會找到我了，她要是繼續想著要幫助我，就又會衝過來要碰我，我不喜歡那樣。

好險，路上的人都忙著自己的事情，他們幾乎也沒有聊天，都向著不同方向前行著。有的人要去圖書館，有的人要去文學院，也有少部分的人跟我一樣要離開校園。

路上我還是會四處張望，想要看看黑狗是否還在，但是直到我走出校門口為止，黑狗都沒有出現。

我準備沿著過來的路線回去，我知道怎麼走可以接到平時坐在機車上的路線，只是這會需要花費一段時間。

但是沒有關係，只要給我時間，我是可以走到的。

睡了一覺，加上在頂樓休息過後，我的腳應該更強壯了，這是學校體育老師說的。他說，有在訓練的話，能力就會變強，而我昨天確實有好好訓練了一番。

我輕輕揉了揉膝蓋，沒有昨天那麼痛了。

我繼續低著頭，什麼也沒想地，出發回市區去。

# 25.

沿路完全沒有遇到任何人向我搭話，也沒有遇到任何對我叫囂的狗，走了不曉得多久，我就找到了熟悉的路。

我想過要不要直接回家，但是考慮過全部的想法之後，還是決定去另一個地方。不知道阿嬤回到家裡了沒，但是沒關係，我知道去那裡，也一樣可以找到阿嬤。

我沿著馬路走，在白線以內的地方，這樣才是安全的。

我低著頭走，這條路我走過好幾次了，只要覺得自己有需要的時候，就會走來這條路，因為他們是負責解決問題的專家。

經過了幾間熟悉的屋子，過了轉彎處，就到達這裡。

我到了警察局。

櫃台的值班人員是一個女性，而不是胡叔叔。他們曾經跟我說過，因為大家是輪值的關係，所以不一定會是誰。這個女性警員我也認識，她是王姐姐，因為她很年輕，所以我沒有叫她阿姨。聽說女生被叫做阿姨的時候，常常都會很生氣，但我覺得很奇怪，一個人的稱謂是阿姨的時候，不代表她就一定很老。但，為了我自己方便，為了讓她們不要一聽到阿姨兩個字就對我發脾氣，我決定只要看起來稍微年輕的女性，我都喊她們姐姐。

「王姐姐好。」

王姐姐一看到我，立刻展開笑容，站起身來走到我面前。

「阿年！怎麼啦！今天怎麼跑來？」王姐姐很有耐心地問我，她每次都對我很有耐心，我很喜歡她這樣，「阿嬤沒跟妳一起嗎？」

「唔，沒有。」

既然她都耐心問我了，我就老老實實把跟阿嬤吵架的事情說了出來，包含我們各自都沒有回家，我還在N大學晃了一整晚才回來的事情都跟她說了。但我沒有提到控制器和信件的事情，我覺得那樣講會太花時間，於是省略掉了。

王姐姐真的全程耐心聽完，中間只是點點頭，完全沒有打岔。

「原來是這樣啊！所以，阿嬤生氣跑出門，妳也生氣跑出門，到現在妳們都還沒碰到面是嗎？」

「唔，唔，對，」我說。接著，我把我腦袋裡想好的句子一次講出來，「請、請幫我打電話找阿嬤因為只有警察能幫上我的忙。」

「阿年！妳很不錯欸！這麼長的句子，居然可以講得這麼順！」王姐姐對我比出一個大拇指的手勢，這個手勢我認識，這是表示別人很棒的意思。「好，阿年，妳在這邊等等喔！我記得之前有留過資料，嗯——」

我找了個空椅子坐下來，把事情交給王姐姐處理了，她一定可以幫我的忙，因為她是警察。

我就坐在椅子上等著，我很擅長等待。這一點我有發現，一般人排隊只要超過十分鐘，就會開始不耐煩，而且會將他們的不開心表現出來。可是我不一樣，我有辦法等待一、兩個小時，在等待的時候，我會想很多事情，想事情可以讓我的腦袋很忙碌，所以不會在等待的時候覺得無聊。

而且我的腿又需要休息了，雖然從N大學走路回來感覺比走去的時候還要快完成，但是這畢竟是一段不短的距離。我想了想，我還是不喜歡走路。

王姐姐說她打了電話，等等阿嬤就會過來。她跟我聊了一會兒學校的事情，接著又回到值班櫃檯上，繼續做她本來在做的工作。我不曉得那是什麼任務，但是一定也很不容易，因為她是警察。而且我對任務不太擅長，我已經搞砸很多次了。

過一段時間之後，阿嬤真的出現在警察局門口。

「哎唷！王警員，真的很不好意思！又這樣麻煩你們！」阿嬤喘著氣走進來。

「阿嬤別這麼說啦！小事情，」王姐姐笑笑說，「阿年在這裡也很乖。」

「真的很抱歉！」阿嬤禮貌地彎腰，又道歉了一次。接著，她轉頭面向我，「妳喔！哎唷，我不是說過好幾次，妳沒事不要來警察局！他們每個警員都很認真在工作，要處理大事情，還要抓壞人！妳不要沒事跑來增加他們的工作，知道嗎？哎唷，阿嬤真的是敗給妳，連離家出走都要被妳這樣抓回來，哎唷，阿嬤真的老了啦──」

阿嬤一邊唸我，一邊把我從警察局拎走。

我們在警察局外面站著，我等著她把話說完，因為阿嬤總是話很多。

等到她說累了，終於停了下來，我從黑色小包包裡，把其中兩張紙給拿了出來，交到阿嬤手上。那是我出門時抓著，後來塞進包包裡的紙。一張是阿嬤梳妝台抽屜裡的草稿紙，一張是媽媽寄給我的信紙。

我什麼話都沒有說，阿嬤的表情看起來很疑惑。

「這是什麼？」她把兩張紙打開來，接著就瞪大了雙眼。「妳在、妳在哪裡，阿年，妳在哪裡找到──」

阿嬤支支吾吾起來，這是我第一次看到別人支支吾吾的樣子，通常會這樣講話的人都是我，所以我有點不習慣。

「阿嬤，唔，唔，」我將我腦袋最想問的問題說了出來，「媽媽會回來嗎？」

阿嬤愣了老半天，還是支支吾吾的，我有點聽不太懂，於是我又重複了一次，我問道，「阿嬤，媽媽會回來嗎？」

阿嬤眼眶泛紅，我看得出來她想要哭，因為我很常看到她哭的樣子。我跟阿嬤講話的時候，習慣看她的肩膀，因為這樣也能看得到她的表情，所以我覺得視線擺在肩膀的高度就可以了。

她嘴巴緊閉著，用鼻子大力吸氣又吐氣。接著，她慢慢搖了搖頭。

這個答案我已經預料到了，所以沒有很驚訝，我驚訝的感覺在家裡已經全部感受過了。所以，媽媽早就不會回來，這段時間，都是阿嬤在陪著我。相信我的，也是阿嬤。

我點了點頭，伸手將阿嬤的手牽了起來。

我不喜歡抱抱，我沒有辦法跟別人抱抱，那會讓我很煩躁，我也不喜歡別人碰我，但我現在突然覺得，我想要跟阿嬤牽手。

「阿嬤，唔，對不起，我讓妳不開心了。」

阿嬤看著自己被我牽著的手，她的眼淚忽然流了出來，她把紙張放到她的包包裡，把臉上的眼淚給抹掉。接著用那隻手，把我伸出去的手給蓋住，這樣子，我的手就都被阿嬤兩隻手給包住了。

「沒有關係、沒有關係——」她包住我的手，搖搖頭，再搖搖頭。

一股溫暖的感覺湧現，接著跑到全身上下，這股溫暖的感覺我很熟悉，就跟閱讀信件的時候一樣。

「唔，阿嬤。」

「嗯？」阿嬤吸了吸鼻子。

「我好餓，帶我去吃東西，唔，可以嗎？」

「那有什麼問題，阿嬤帶妳去吃妳想吃的。」阿嬤笑了出來，她笑起來的時候，眼睛會瞇成一條線，我的眼角餘光有看到，那樣子很好看。

「好，唔，」我說，接著，我想了一下，又說，「謝謝阿嬤。」

阿嬤拉著我的手走了起來。

我就這樣讓阿嬤牽著手，任由她帶我去任何地方。

# 26.

我做好決定了。

這禮拜六就是比賽日，我知道今天還是有訓練時間，因為這學期，學校教練曾經有好幾次跑來我做任務的地方找陳駿，他們討論過不只一次，比賽前一個禮拜的時間要怎麼利用，要做那些訓練項目等等。由於每一次他們都在我旁邊大聲談論，所以我對於他這個禮拜要做的訓練項目和行程，都非常清楚。

今天是他的生日，我知道，因為好多人都在今天幫他慶生了，就在學校裡面，大家鬧哄哄的，玩在一塊，我則是躲得遠遠的，深怕被當作開玩笑的對象抓去惡作劇。

我到操場旁邊的休息區坐著，陳駿正在沿著跑道奔馳著。

他的移動速度就像獅子一樣，所以才會讓那麼多人喜歡他。整個學校裡面，只有我一個人不喜歡他，但是這也沒關係，我有更重要的事情要做，我已經想過好幾遍了。

這段時間，只要我靜下來，就在思考這件事情，而我也做出了決定，我不曉得到底會怎麼樣，但我還是做好決定了。

他跑到終點的位置後，整個人緩緩減速，但他沒有停下跑步的動作，他動作輕盈地慢跑到我面前。

「嘿，盧！」他喘著氣，「妳特別來看我練習啊？怎麼那麼可愛。」

我趕緊站了起來，因為我很緊張，我不喜歡那種跑不掉的感覺。

「唔，唔，我不是來看你練習的，嗯。」

「這樣啊！那妳——」他把擺在地上的水瓶拿了起來，灌了一大口到嘴裡，吞掉，「——喔！妳是來告訴我什麼重要的事情對嗎？」

他看著我，而我依舊只能看著其他地方，我不想看著他的肩膀，於是我把視線放在他手上的那個水瓶。

「我，唔，我是來說，我，唔，做好決定了，我需要徽章。」

他把水瓶放了下來。

「來，妳過來，盧。」

他雖然叫我過去，可是我動也不敢動一下，他見我沒有移動，就朝我走了過來。他刻意放慢走過來的速度，很慢很慢，而且還做出投降的動作，讓我知道他要走過來。我閉上眼睛，身體捲縮起來。

「乖孩子，」他摸了摸我的頭，然後就後退了，我是從他的腳步聲聽出來的，「聽話，然後好好拿到徽章，這樣不是很棒嗎？」

我雖然感覺到全身上下都不舒服，可還是忍住那股感覺，強迫自己點點頭。

「好！妳真的是太乖了，這真是最棒的生日禮物。我一定會幫妳、讓妳順利拿到徽章的！」他拍了一下手，接著說，「這禮拜五，要記得喔！不然徽章就又沒有了，會很可惜的。」

「唔，唔，嗯。」我機械式地應聲。

「好了，那就到時候見啦！我要去找教練了，掰掰，小傻瓜。」

「唔。」我一樣機械式地應聲。

他一下就跑遠不見，我則在原地蹲了下來。

想到禮拜五要發生的事情，我就覺得快要崩潰了。

不知道這個決定好不好，但，只要我把這件事情耐著性子撐過去，我的任務就可以順利進行下去，到寒假前，只要任務順利完成，林阿姨就會回報給王釗老師，那麼我就可以從王釗老師那裡取得徽章了。

雖然現在我已經知道，媽媽不會回來了，媽媽也從來沒有寄信給我過，可是我還是很想要考上N大學。我想通過這場挑戰，因為阿嬤相信我可以。其實她一直都是最相信我的人，所以我要成功，這樣一來，阿嬤就會是對的了，因為阿嬤一直都是對的。

我是真的很想要拿到這個徽章。

# 27.

時間過得很快。

即使禮拜五發生了那樣的事情，週末的時候，我還是照常去了鎮上的圖書館，在那裡唸了好久的書。我把書上每個我覺得是重點的地方全都畫上了螢光筆的記號。

阿嬤陪著我一起去，因為我說我想要她陪著我，她立刻就答應了，這時候我會用「二話不說」這個成語，來形容阿嬤的行為。

自從她的大祕密被我發現了之後，我跟她之間的互動方式變了很多，我也說不上來，但我很喜歡她的陪伴，她似乎也很喜歡的樣子。我會知道是因為，一整天下來，她的笑容出現過很多次，她以前很少這樣笑著。

這個全新的禮拜，從禮拜一開始，學校的氣氛就明顯變得怪怪的了，我不太會形容，應該說，大家變得沒有那麼常聊天，或是說，比較少人開心打鬧著，我也不確定這樣說對不對。每次在學校走路的時候，我都是讓頭保持低低的樣子，會這樣走路的人，通常只有我一個，然而，學校也開始有不少人跟我一樣，用這樣子的方式在走路！因為我走路的時候會經過很多同學，通常他們會發出奇怪的笑聲，而且視線會緊黏著我不放，甚至還會伸出手來指著我，說出一些我覺得不好笑的笑話。現在卻沒有這種事情發生，大家都安安靜靜走著自己的路。

我喜歡這樣，所以我沒有像平常一樣，窩在自己的教室。我很常在教室以外的地方走來走去，還是很常去圖書館，不只是好好去進行一個禮拜一次的還書整理任務，還有，在其他自習時間把明年大考試會考的科目閱讀一次。

我本以為，禮拜五之後，我會因為全身都很不舒服而沒辦法好好做自己的事情，甚至想過我會不敢來學校，我聽說有的人會這樣，經歷一些不好的事情之後，對那些地方感到害怕，只要靠近那些地方，就會回想起不好的經驗。

但我意外發現，我這整個禮拜都很平靜，不像文章裡提到的那麼讓人緊張。可能是因為，我知道接下來我可以專心做自己的事情了，也可以把我最喜歡的圖書館任務如期完成，想到這些，我的心情就自然而然放輕鬆了。

到了禮拜五上午時，王釗老師忽然把我叫去一旁說話。

我本以為他是為了我們上次大吵一架的事情要找我訓話，結果卻不是這樣，我會這樣猜想，是因為他對我開啟話題的時候，他喊我的名字叫「阿年」。他通常只有在心平氣和的時候才會喊我這個名字，如果他是心浮氣躁的時候，就會喊我「盧同學」。

「阿年，妳知道學校最近發生了什麼事嗎？」

「唔，我，唔，我不知道。」我確實不知道他要說的事情是什麼。

「嗯，嗯，也是，好吧，總之呢，」他嘆了一口氣，但是他並不是在生氣，也沒有對我不開心的樣子，「總之呢，不曉得妳有沒有注意到，但是，到學期末前妳應該都沒有小幫手了，啊，應該說，現在老師我就是妳的小幫手，妳有聽懂老師的意思嗎？」

「唔，有，陳駿不是我的小幫手了，唔，王釗老師是我的小幫手。」

「對，對對，很好，很好，」他逕自點著頭，我看向他的肩膀，從眼角餘光看來，他的表情很苦惱的樣子，「雖然我有聽林阿姨說，妳目前狀況還不錯，該做的事情都有做好。」

我沒有說話，只是點點頭。

「好好，不過，有什麼問題還是可以隨時來問老師，知道嗎？老師現在是妳的小幫手，偶爾也會去圖書館看看有沒有什麼需要幫忙的，聽懂老師意思嗎？」

「唔，我有聽懂。」我點點頭。

「好，好，很好。」王釗老師也點著頭，他點頭的次數比我還要多。「老師這邊接下來也要想想有沒有什麼能做的事，如果圖書館這邊臨時需要協助學校，妳就再聽林阿姨的指示，她要妳幫什麼忙妳就去幫忙，好嗎？」

「好。」我點點頭。

王釗老師點了好幾下頭，接著嘆著氣走掉了，這是我第一次看到他這麼煩惱的樣子，但是我們沒有討論事情到吵起來，我覺得這樣很好，我喜歡沒有跟他吵架的感覺。

# 28.

時間又過了一個多禮拜，從我的感覺來看，時間過得真快。

我在圖書館進進出出的次數變得頻繁了，尤其這幾天，我幾乎天天進圖書館。

「阿年，還有這本，把這本也放過去那張桌子擺好。」

「唔，好。」我快步走向林阿姨，把那本書接過來。

「等一下還有花，三班的同學說他們班家長也想表達致意，所以，等一下妳把那些書放好之後，再去把那些花帶過來給阿姨，知道了嗎？妳重複一次給我聽。」

「唔，唔，把這些書，唔，都放好在正確的位置，接著，唔，去三班把家長的花都帶來給圖書館的林阿姨。」

「很好，那就麻煩妳囉！」

「唔，嗯！」我用力點一下頭，這是林阿姨教我的，她說接收工作指令的時候，點頭不用很多下，一下就夠。

王釗老師在走廊上遇見我，但他只有對我說一聲，「喔！阿年！」就繼續走掉，因為他也趕著要去圖書館。這段時間他有來幾次圖書館，但他來的時候，都變成林阿姨的小幫手了，林阿姨會請他做很多事情。林阿姨說，我可以小小使喚他一下下，她說：「因為妳是先來圖書館工作的學姊啊！」所以我偶爾也會把要做的東西請王釗老師幫忙。

幾天下來的功夫，圖書館雖然還是圖書館，但看起來就好像變換成了一個不一樣的空間。

王釗老師、圖書館的林阿姨和我，我們三人圍著圖書館裡的大桌子。大桌子上擺放著各式各樣的東西，有學校的課本、圖書館提供的書籍、照片、手寫卡片、文具，還有很多的花束。花束真的太多了，所以我們決定把花束擺在其他座位上，放眼望去，整個空間看起來就像是一座花園。要是沒有旁邊的書架，一般人走進來會不會以為這裡是販賣植物和園藝的店家呢？我也不曉得，我不太擅長猜測別人的想法。

「嗯！還不錯！」林阿姨說。

「確實是很不錯，」王釗老師說，「謝謝妳，阿年，妳這次真的做得很好。」

「唔，我嗎？」我問道，我想我應該是聽錯了。

「對啊，這是妳的點子啊，而且這個方式，」他嘆了一口氣，但是他同時微笑了一下，好特別的表情，「同學們應該都能感到相當欣慰。」

「一定的，王老師，」林阿姨說，「這些卡片，還有這個儀式，真的幫助很大。阿年啊，真有妳的。」

我笑了起來，還發出小小的笑聲，我從沒有這樣被人連續誇獎過，這個感覺好新鮮，而且好棒。

「這裡不要笑出來，去廁所再笑。」王釗老師雖然這樣說，但他也笑了一下。

「唔，好。」我回答。

其實這些是阿嬤出的主意，是阿嬤的點子。

消息傳得很快，因為學校發生大事情的時候，大家都會把消息傳來傳去，如果是小事情，大家就不會這樣。阿嬤得知消息後，建議我可以在圖書館擺出這個空間出來，只要圖書館的管理員林阿姨同意的話。阿嬤說，她會陪著我向林阿姨提出這個點子，林阿姨聽到我的提議，一定會覺得這個提議很棒，對學校來說，我就幫了大忙了。

「可是阿嬤，唔，這不是我想到的，不是我的點子。」

「沒關係，當作妳的點子。」阿嬤說。

「我沒有想到這些，怎麼會是我的點子？」

「因為，阿年，我們是一家人，我想到的好點子，就是妳也可以拿去用的好點子，阿嬤的點子，就可以當作是妳的點子。」

我點點頭。所以，阿嬤想到的好主意，我也可以拿來運用，因為我們是一家人。

於是，在阿嬤的提議之下，林阿姨和王釗老師便隨之策畫出這個好方案。我們開始在圖書館這個空間進行布置，放上許多相關的東西。一開始還沒有卡片跟花束，只有相關的東西，會讓人進來看到的時候，感到思念的那些東西。後來，林阿姨和王釗老師公告全校，大家都可以在這段期間進來圖書館，將自己寫好的卡片放在這個空間裡，或是擺放想要致意的東西，那些東西大部分都是花束。開放沒幾天，花束一把接著一把被同學和老師送了進來，於是，圖書館才會看起來像是花園一樣。

而且，在這張大桌子上擺著的大字，是我想出來的。

「我們要寫什麼好？」林阿姨問。

「人還沒確定在哪裡，但是我們又要表達思念，這時候可以怎麼形容，嗯——」

我聽著他們的討論，一邊整理花束的時候，一邊自顧自地說出來：「唔，如果要描述這個狀況，唔，可以使用成語，有，夢想神交、引日成歲，還有念茲在茲。喔，唔，對，還有入骨相思。」

「等等，阿年，妳再說一次有哪些？」王釗老師拿著紙筆跑到我旁邊。

於是，大桌上的紙板，就有了這些為了表達大家思念之情的成語。

不僅如此，阿嬤還有另一個提議，她邀請我一起做出一個很漂亮的海報。我用之前電腦課學到的後製技巧，製作了一份有著漂亮背景的海報，阿嬤看了相當欣喜，她在海報上放上照片和個人資訊，放上可以表達思念的文字，還有可以用來聯絡學校教官的電話。

「他不見的時候是幾歲去了？糟糕，這個是不是要問老師？」

「十八歲，唔，他比賽那天已經是十八歲了。」

「妳怎麼知道？」

「他們，唔，比賽前幾天，在學校有慶生。」

「喔！太好了，那就寫——十八，這樣！好了！」

一張電子海報就這樣做了出來。

阿嬤帶著我去影印店，她跟店員討論了一下，店員立刻協助我們，把我們做好的電子檔案傳輸到電腦去，接著用他們店裡的電腦做詳細的設定。沒多久，印表機動了起來，發出很好聽的聲音，海報檔案就被印製出來。

海報印出來的樣子，比在電腦裡面還要好看，我好喜歡，但是好奇怪，明明這跟在電腦裡的畫面是一樣的，但我就是比較喜歡這個印製出來的質感。

「這是第一份，我跟孫女的作品啦！阿年喜歡嗎？」

「唔，我喜歡！喜歡！」

我拿著海報，覺得開心極了，忍不住笑了起來。

除了海報，我們還印刷了一小份的宣傳單。我們帶著這些紙張，走到警察局去，這次值班的是張叔叔。

一番討論過後，張叔叔把海報貼在警察局門口外的看板上，我看著我和阿嬤的作品，忍不住覺得我們真是厲害，這個感覺就是以前老師有提過的「成就感」，我在圖書館執行任務的時候也有這種感覺，我很喜歡。胡叔叔也有走出來，他答應會幫我們把傳單放一小疊在警局，如果民眾來會請大家傳閱。

我們六、日的時候，還是會去N大學散步。途中，我們會找一個比較多人的地方發放傳單，阿嬤還教我，怎麼樣簡短有力發放成功，只要彎腰說「不好意思」，然後把傳單稍微往行人胸前遞去，大部分人都會因為反射動作而收下傳單。果不其然，我照著阿嬤示範的方式做一次，還真的讓不少人收下我遞出去的傳單。

我越來越喜歡聽阿嬤的建議，阿嬤會給我很多實用的小建議，而且，我會認真模仿起來。阿嬤說，她的點子就是我的點子，而且，只要我好好練習，這些東西就是我的了，別人都拿不走。

學期末最後一天，王釗老師突然把我叫去。

自從我們一起搭檔在圖書館辦理追思祈禱活動後，我們的關係也變得不太一樣，我不太知道怎麼形容這個狀態，但是我並不討厭這種變化。

他越來越常喊我阿年，而不是盧同學，我看見他的時候也不會想要躲開，或是不敢看著他。更重要的是，我們沒有再吵架了，我的圖書館任務幾乎都有完成，即使沒有做好的地方，林阿姨也都有給我指導，讓我有機會做得更好。王釗老師甚至會對我開一些我也覺得好笑的笑話，我很喜歡這樣。我比較喜歡我也覺得好笑的笑話，勝過於我覺得不好笑的笑話。

「阿年，等等晨會的時候，會需要妳上台喔。」

「唔，唔，我？」

「對啊！妳先跟大家一樣待在班上，但是妳要注意聽，等等會喊到妳的名字，像『盧年同學！』這樣。」

「唔，然後呢？」

「然後妳就走出來，走走走走——到台上來，知道了嗎？」

「唔，好。」

我也不懂我要做什麼，但他是我的班導師，他要我做什麼我就會照著做，畢竟他懂的事情比我多，而且我們的關係變好了，他現在是我的好夥伴。

「好，很好，別擔心啦我會去帶妳！」

到了晨會開始的時候，台上的教導主任正在例行地致詞，他提到寒假前要請大家多注意的事項，還有給高三生一些升學的勉勵。我在台下是真的非常緊張，一部分是我完全不知道要做什麼，我都完全不用準備嗎？不對，王釗老師有請我準備，那就是好好聽台上麥克風的聲音，聽到我的名字就要記得走上台，這就是我被臨時交代的小任務。好，那我要認真聽。

「——獲獎同學，三年五班，盧年同學！」

聽到我名字的時候，我還是愣住了。

「唔，唔。」

「來，阿年，上台囉！」王釗老師走到我旁邊來，小小力點了一下我的肩膀，接著他往台上的方向走去。

「唔，好。」我順著他的方向，跟著走去。

司令台我只有來過幾次，大部分都是體育老師說要在這裡集合的關係。王釗老師一路走到了台上正中央，我沒有思考，就一步一步走了過去，因為他說要跟著他上去，所以我就過去了。從台上看下去，每一位同學都變得好小隻，好有趣，明明大家的大小應該都沒有變化才對，這就跟觀察星空的時候一樣，月球和太陽都不是從地球上看過去那樣小顆。我知道，因為我在書上看過。

台上拿著麥克風的教導主任，見我上台了，就繼續致詞了。

「盧年同學，在我們最難受、最煎熬的這段期間，主責圖書館的追思祈禱活動。全校師生都在這場活動中，感受到了人間最善良、最純真的感情。除此之外，這段期間，圖書館的運作，也是仰賴盧同學的種種付出。這些良好的表現，都是值得同學們一起仿效、學習的好楷模。因此——」

咦？

我一開始的時候，還沒有聽懂我到底為什麼要上台，但聽到現在我忽然聽懂了。但我驚訝得嘴巴張得很大，眼睛也是，導致王釗老師轉頭看我的時候，一直做出要我把嘴巴閉起來的手勢動作。

「——除了這個獎項之外，我們也一併頒發任務完成的徽章，這兩項，有請我們社區警察局，張警員，今天特別出席我們的晨會，要代替社區，頒發獎項給盧同學！張警員，這邊請！」

「張叔叔！」我忍不住喊出來，台下同學笑了一下，但跟那種嘲笑我的笑聲有些不一樣，我不曉得怎麼形容。

張叔叔！那真的是張叔叔，他穿著完整的員警制服，出現在台上的另一側，朝我走了過來，還不忘對著我眨了兩次眼睛。我看向後方，胡叔叔和王姐姐居然也來了，他們就站在司令台的另一方，他們倆遠遠地對我比出一根大拇指，那是代表「讚」的手勢。

張叔叔接過主任手中的東西，接著遞到我的手中。

「來，阿年」張叔叔說，「恭喜妳。」

「唔，謝謝張叔叔。」我點點頭，領取張叔叔手上的東西。

那是一張獎狀，還有一枚徽章。

有老師跑到我們面前拍照，他們要我笑一個，而我早就笑得合不攏嘴，台下的所有師生鼓掌，他們在鼓掌，而我沒有鼓掌，他們鼓掌的對象，是我。

我拿到了，我真的拿到徽章了！

我決定，放學之後要做的第一件事情，就是衝回家，等阿嬤回家，我要把徽章拿給她看，拿給她看會讓我很開心。

# 29.

陳駿失蹤了。

大家是這麼認為的，其實，就字面的定義來說也是如此沒錯，失蹤的意思，就是不曉得人現在在哪裡，所以對其他人來說，他是一個失蹤的狀態。對我來說，也部分算是這個狀態吧。

時間回到比賽日的前一天，這天就是陳駿的休息日。教練安排讓他前一天先休息，不要過度使用他的身體，以利比賽當天保持在最佳狀態。

我依照約定，在他休息日這天晚上來到回收區這裡。現在一個人也沒有，因為學校晚上不會有人，大家都回家休息了。回家休息，隔天才能好好繼續學習和工作，我也想回家休息。

處理回收的畫面在腦海中出現，感覺那才幾個禮拜之前的事情。雖然也真的可以用禮拜當作單位來回想沒錯，但是這樣就會變成好多個禮拜。

我身體不由自主發抖起來，我瑟縮著，雖然天氣變冷了，但我知道，縮起身子發抖是因為我想到了那天被他亂說話而被王釗老師痛罵一頓的事情，一想到這裡，就覺得很生氣。我原地踏步，想要把生氣的感覺，從腳步往外面甩開，可是我每次這樣做之後，都還是很生氣。

我是提早來到回收區這邊的，所以陳駿還沒來。

「唔，唔，我不知道，我不知道——」我自顧自咕噥著。我在回收區待了一會兒，又走掉，去到操場。但我想了想，又覺得後悔了，便走回回收區。幾分鐘的時間下來，我已經來來回回好幾趟。雖然我告訴自己，之後就會很順利，但是我真的全身上下都很不自在，我想逃走，但又沒有勇氣。

正當我還在躊躇不前的時候，陳駿出現了。

他這次連打招呼都沒有，就推開了儲物間的生鏽鐵門，鐵門發出很大的摩擦聲音，那聲音很不好聽，他先走了進去，接著看著我，要我也跟著走進去。

我很猶豫，但我有稍微將身子向前進一些，還沒走到裡頭，他就伸出一隻手，抓住我的手臂猛地用力一拉！

「啊——！」我被他用力一拉，整個身體向儲物間裡彈射過去，差點跌坐在地上，我趕緊站直身子，因為裡頭實在太髒亂了，我不喜歡這裡的衛生，不喜歡這麼髒的感覺。

鐵門裡頭的霉味，就跟我先前誤闖進來時的味道一樣，刺鼻難聞。

他把自己襯衫的鈕扣解開。

「去關門啊！小傻瓜，等一下別人看到門開著怎麼辦。」

「唔，唔——」我皺著眉頭，走向門邊去。

我從口袋裡拿出一個密碼鎖，這個密碼鎖可以把大門鎖住，我看過這裡的大門，它是有扣環的，只要鎖住這個扣環，就沒有人可以從外面打開來，也不會有人看到我們在做什麼事情了。

「唔，我要，我要，唔，扣住。」我把鎖對準扣環，穿了過去後，鎖上。我胡亂轉動了一下密碼。

「唷！沒想到妳還挺有腦袋的，這樣的確安全多了，很棒。」陳駿將整顆頭湊到我肩膀上，看著我把鎖給鎖上，我不喜歡他靠我這麼近，我將身子縮到不能再縮為止，有一瞬間我希望我是烏龜，這樣就可以把整顆頭都縮到身體的骨頭裡面了。

「好了，我看看——」他雙手扶著我的肩膀，接著往我胸口觸碰過去，我忍不住大叫起來，他快速伸出手來對著我的臉打了一個巴掌，接著摀住我的嘴巴。

「妳給我安靜一點，不然就不好玩了。」

因為很痛，我流出眼淚，但我不敢再發出聲音，只是小小聲地流出眼淚，我驚恐地看著他。我知道他是惡魔，但當他真的將表情轉換成惡魔的樣子時，我還是非常驚恐，怎麼在腦袋裡事先準備都不夠。我太害怕了，我真的太害怕了。

「我記得我們在圖書館默契很好，是不是，妳看看，今天妳也是穿裙子呢，乖孩子，我想我們可以複習一下——」他話講到一半停了下來，因為他看到我拿出一個東西。「這是什麼？」

我大口喘著氣，眼淚流得我滿臉都是，但我還是看得清楚他的位置，我把手上的東西對準他之後，按下上面的按鈕。我一連按了好幾次，就怕我沒有按到。

「什麼東西？妳的玩具嗎？」

他用一副不可思議的聲音問我，他笑了一下。他覺得很好笑，可我現在一點也不覺得好笑，我完全不知道哪個地方好笑。

「沒關係，妳就用妳的，反正我們還是可以好好享——」他忽然瞪大了雙眼，接著悲戚地叫了起來。

他把左手舉在半空中，我可以明顯看到，他的左手手掌以一個非常不自然的角度下垂著，看來他左手銜接前臂和手掌的那塊骨頭消失了，才會讓他的手掌變成那樣。

他亂叫一通，因為現在是晚上，所以學校沒有半個人。而且回收區這裡離校門口最遠，校門口就算有人經過，也不一定會聽得到這裡的聲音吧，我也不確定。我希望他趕快安靜下來，於是我又從口袋拿出了另一個控制器，因為很暗，我找了一下控制器的前端，拿起來對準他，又按了下去。

「那到底是什麼！」他用另一隻手，把我手上的控制器搶了過去，他看了半天，不知道是不是看不懂，還是有什麼想法，把控制器往牆上摔去。

我太害怕了，我蹲下來閉上眼睛。

接著，他大叫一聲，那聲音跟剛才的叫聲不太一樣，這叫聲就好像他忽然被重擊到了一樣，但因為我沒有張開眼睛，只是蹲著，將手抱著頭，希望這一切趕快結束。

「快讓我出去！現在到底是怎樣——！啊啊啊啊——好痛啊！好痛！幹！好痛！啊啊啊——」他踹了我三下，我跌落到地上，我在地上側躺著，捲縮起來，一樣抱著頭，動也不敢動。聽聲音，他衝去門口了，他試圖要拉開門，但是門已經被我給鎖上。

他不能出去，絕對不能出去，所以我要忍耐住，如果他出去，一切就完蛋了。阿嬤，我要守護阿嬤，我要守護阿嬤，我心想，我重複著這句話。

「密碼——密碼——！快告訴我密碼！臭智障！快告訴我——」他又跑回來踹我，我的腳好痛，他的力道真的很大，我感覺我的小腿快被他踹到骨頭斷掉了。忽然間，他停下了動作，我聽到他跌落到地上的聲音，接著，他就一點聲音也沒有了。

我睜開眼睛，四周很暗，但還不至於完全看不見。我在地上爬著，撿起我的手機，我的手機在剛剛被彈落到地上去。我把手機裡的手電筒打開來，他趴在地上，可是看上去軟軟的，好像百貨公司外面擺放的大氣球，被消氣到一半的樣子。

我保持著距離，盯著看，我也不敢輕舉妄動。

忽然，他動了一下。我嚇得全身一震，手機差點被我給丟了出去。

結果他並不是要站起來，而是又洩氣了，他的頭，整顆變得像水球一樣，軟綿綿的、扁扁的。

我以為我會吐出來，我在電視裡看過別人有這個反應，可是我並沒有這種反胃的感覺，我只有覺得緊張。我擔心他會站起來，會朝我衝過來，會對我再次拳打腳踢。但是我的擔心變成多餘的了，因為，他再也沒有站起來，而是變成一塊又軟又扁的東西。

我這才想起來，我還有另一個控制器要使用，我把最後一個控制器，從另一個口袋裡給拿了出來，好在這些控制器很小，我褲子的口袋都裝得下。我對準地上那坨曾經被稱為陳駿的肉體，將控制器的按鈕按了下去。按鈕剛按下，那坨肉體就少了一部份。我坐了下來，小腿的疼痛讓我坐下的動作變得很困難，但我不在意，我只想確認接下來的畫面是不是跟我預想的一樣，但是這沒有那麼快，不過我很擅長待在同一個地方很久。

我試著要蹲著，但蹲著的時候小腿實在太痛了，於是我改為坐著。

我就這樣坐著，看著那坨肉塊。

我看了一下手錶，在心裡面計算了一下時間，又繼續看著那坨肉塊。

剛才的場面讓我全身上下都在發抖，但就我的經驗，只要我繼續待在同一個地方冷靜，這些不由自主的發抖都會慢慢趨於平緩。

果不其然，不知過了多久，發抖的幅度變小了，甚至慢慢感覺不到。由於我一動也不動，整個空間裡，我只聽得見自己的呼吸聲。

我以為我會這樣盯著看，直到時間結束，然而出乎意料之外，我竟然坐著坐著就睡著了。等我醒來後，那坨肉塊已經變得非常非常小，神奇的是，肉塊裡面的血也連同肉塊一併消失，這樣很方便。最後一塊肉塊，看起來就像夏天的一團仙草。阿嬤每次夏天都會買一大塊仙草，在廚房做冰的仙草湯，所以我才會聯想到。

過沒幾分鐘，最後一塊肉塊，一點聲音也沒有地，跟著消失無蹤了。

陳駿已經十八歲又四天大，所以，他該為自己行為負全部的責任了。他也為自己的行為，負全部的責任了。

我呼吸著，現在這裡真的是鴉雀無聲，因為我雖然在呼吸，但我的呼吸聲竟然小到連我自己都聽不到，我很少有這種經驗。

我剛才的緊張、害怕，已經全都消失，不知道是不是控制器的效果之一，這些可怕的感覺全都隨著剛才眼前的那個男生消失了。

我再次看向手錶，時間已經超過了。我慢慢起身，腳還是有一點痛，但不影響站立，我把控制器收到口袋裡，確認三個控制器都在口袋裡，確認了五次，這樣就不用害怕會漏掉任何一個了。我伸手，把密碼鎖的數字調到正確的排序，解開密碼鎖。我走出這扇生鏽的鐵門，我人一出去，就立即把鐵門給關上，接著趕緊從外面，再把鐵門鎖上一次。我把密碼弄亂，弄亂，然後再弄亂一次，並睜大眼睛確認數字的排序。

外面還是暗的，但可以感覺到沒有剛來的時候那麼暗了。我感覺到我的心跳很平穩，我也不想把眼睛閉上了。我只有不開心和害怕的時候，會想要把眼睛閉起來。

我將手伸向口袋裡，裡頭的三張小卡片都還在，沒有因為剛才混亂而掉出來不見，太好了。

我看著最上面的第一張小卡片，上面寫著：

使用效果：每兩分鐘，身體的任一骨頭消失，具傳染力。

使用方法：對著任一人類，按下按鈕。

我把第一張卡片收到口袋裡，又看著第二張小卡片，上面寫著：

使用效果：每五分鐘，身體任一處部位被壓扁，具傳染力。

使用方法：對著任一人類，按下按鈕。

我把第二張小卡片也放到口袋裡，接著拿出第三張卡片，我想再看一次，確認一下。小卡片上被我的螢光筆給塗過，重點的地方我都塗過好幾遍了，上面寫著：

使用效果：身體某部位消失不見，若六小時後無人看見，則不具傳染力。

使用方法：對著任一人類，按下按鈕。

我在消失不見、六小時、無人看見，還有不具傳染力上都塗上了螢光顏色，而且是重複塗畫好幾次，尤其是不具傳染力這五個字，塗到小卡片差一點就要被我弄破了。

我將第三張小卡片收到口袋裡放好，忍不住笑了起來，因為我的心情很好。

如果要形容我現在的狀態，我想我會用這個成語：「心平氣和」。

對，我想這時候應該可以用這個成語。

從這一天開始，公寓樓下就再也沒有出現過箱子了。